शिवगिरि

शिवगिरि

डॉ. कर्ण सिंह

प्रभात प्रकाशन, दिल्ली
ISO 9001:2008 प्रकाशक

प्रकाशक • **प्रभात प्रकाशन**
4/19 आसफ अली रोड,
नई दिल्ली–110002

संस्करण • प्रथम, 2016
मूल्य • दो सौ पचास रुपए
अनुवाद • श्री जगन्निवास अय्यर
संपादन • श्री पवन कुमार जैन·
मुद्रक • आर–टेक ऑफसेट प्रिंटर्स, दिल्ली

SHIVGIRI *novel* by Dr. Karan Singh ₹ 250.00
Published by Prabhat Prakashan, 4/19 Asaf Ali Road, New Delhi-2
e-mail: prabhatbooks@gmail.com ISBN 978-93-86231-89-5

‘महाराज’

आत्मक्रीड़ा आत्मरति क्रियावान एष ब्रह्मविदं वरिष्ठः

‘स्वयं क्रीड़ा में रत, आत्म तल्लीन;

किंतु सदा क्रिया में रत,

ऐसे लोग ब्राह्मण को जाननेवालों में श्रेष्ठतम होते हैं।’

कठोपनिषद्

अनुवादकीय

शिवगिरि कश्मीर की पृष्ठभूमि में रचित उपन्यास है और प्रधानतः आध्यात्मिक अन्वेषण के विषय को परखता है। यह न केवल एक उत्कृष्ट कथा है अपितु प्रगाढ़ आंतरिक संदेशों से भी गर्भित है, जो विवेकी पाठकों के लिए अत्यंत रुचिकर होंगे। आदि शंकराचार्य की रचनाओं में अभिव्यक्त उनके दर्शन की यत्किंचित् व्याख्या एक गुरु और साधक के बीच संवाद के रूप में इस उपन्यास में प्रस्तुत है। गुरु पूछते हैं—"तुम किसकी खोज कर रहे हो?" साधक उत्तर देता है—"मैं उपनिषदों द्वारा व्याख्यायित उस आदर्श अवस्था की खोज में हूँ—वह अवस्था, जिसमें सारे दु:खों और संघर्षों का अंत होता है और आनंद व निश्चितता का प्रकाश है।" "तुम्हारा अन्वेषण उचित है, अशोक। तुम वही खोज रहे हो, जो तुम्हारा जन्मसिद्ध अधिकार है।"—गुरु कहते हैं।

डॉ. कर्ण सिंह भारत और अंतरराष्ट्रीय समुदाय में दार्शनिक लेखक के रूप में विख्यात हैं। उनका यह लघु और लालित्यपूर्ण उपन्यास एक सुखद आश्चर्य है। डॉ. कर्ण सिंह संस्कृत के ख्याति प्राप्त विद्वान् हैं और भारतीय संस्कृति एवं कला के संरक्षकों में गण्य हैं। डॉ. कर्ण सिंह पूर्व केंद्रीय मंत्री तथा अमेरिका में भारत के राजदूत रहने के साथ महत्त्वपूर्ण अंतरराष्ट्रीय सम्मेलनों में भारत का प्रतिनिधित्व भी कर चुके हैं।

अनुक्रम

अनुक्रम

अध्याय 1

अशोक ने अपनी देह को कुरसी के तकियों पर ढेर किया। कुछ क्षणों तक वह धीमी और लयबद्ध साँस लेता रहा। धीरे-धीरे उसका मन और शरीर दोनों ही कुछ स्थिर हुए; अपने मन को कुछ शांत करने के बाद उसे अनुभव हुआ कि वह अपने मन और शरीर का एक सुचारु संतुलन अनुभव कर रहा है। अब वह सुस्थिर रूप से अपने आप से सम्मुख होने लगा था। वह अपने अंत:करण में पृथक् रूप से स्थित होकर स्वयं को इस प्रकार देखने का प्रयत्न करने लगा मानो एक पूर्णत: अपरिचित व्यक्ति होकर अपने आप को देख रहा हो। अशोक अब अपने ही विचारों के आरोह-अवरोह, उठने और ढलने को तटस्थ होकर देखने में प्रयासरत था। कुछ समय बाद वह अपने आपसे प्रश्न करने लगा, 'मैं कौन हूँ?' ऐसा करते समय वह अपने विचारों को अपने भीतर संकेंद्रित कर अपने अस्तित्व की गहराई को परखने और अपने चैतन्य के केंद्र बिंदु को अन्वेषित करने का उद्यम कर रहा था। यह एक ऐसा मानसिक व्यायाम था, जो स्वामीजी ने वर्षों पहले उसे सिखाया था और उससे अशोक को सदैव एक अधिक गहन आंतरिक मुद्रा प्राप्त होती। वह अपने भीतर एक विरक्ति की अनुभूति करता, किंतु यह विरक्ति विचित्र रूप से ऊर्जा प्रदान करनेवाली थी। प्रतीत होता कि वह जीवन की चहल-पहल का सामना अधिक आत्मविश्वास से कर सकता था। उसे एक वायवीयता का आभास होता, जो उसकी भीतरी सजगता को और गहरा करती। यह अनुभूति ऐसी थी मानो दैनंदिनी जीवन के परिदृश्य से ऊपर के सुस्पष्ट वातावरण में स्थित हो, वह जीवन को अधिक एकीकृत परिप्रेक्ष्य में देख पा रहा हो और उस ऊर्ध्व चैतन्यावस्था के अलभ्य

लोक के कुछ और निकट आया हो, जिसे अब तक वह केवल स्वप्नों में अथवा अपने बचपन की प्रारंभिक अवस्था की खंडित व बिखरी स्मृतियों में धुँधले से देख पाया हो।

जेट इंजनों की गूँज उनींदी करनेवाली, किंतु आश्वस्त करनेवाली भी थी। विमान की सभी सीटें भरी हुई थीं, सिवाय दो सीटों के जो बिल्कुल पीछे की ओर थीं। यात्रियों में अनेक विदेशी थे। अशोक को लगा कि उनमें अधिकांश अमेरिकी थे। रंग-बिरंगे बुश-शर्ट और कंधों पर लटके हुए कैमरे उनकी पहचान की घोषणा कर रहे थे। स्वर्णिम केशयुक्त दो लड़के, जिनकी आयु लगभग सात वर्ष की थी, आवागमन के रास्ते की उस ओर की सीटों पर थे, जो अशोक के सामने थीं। दोनों लड़के दिखने में एक जैसे थे और बार-बार उठकर आगे की सीटों पर आसीन एक युवा दंपति, जो स्पष्टत: उनके माता-पिता थे, के कानों में फुसफुसा रहे थे। अशोक की अपनी सीट खिड़की के बगल वाली थी और उसकी बाईं ओर की सीट पर चश्मा पहने अल्प देहयष्टि का एक साँवला व्यक्ति था, जो एक पुस्तक में तल्लीन हो चुका था। टेढ़े कोण से अशोक ने पुस्तक के शीर्षक पर दृष्टि डाली और वहाँ 'हाउ टू विन फ्रेंड्स एंड इन्फ्लुएंस पीपल' को देखकर वह हल्का सा उछला। बीस वर्ष पहले उसने और रमेश ने यह पुस्तक पढ़ी थी, लेकिन छिपकर, क्योंकि तब यह मानी हुई बात थी कि जो भी यह पुस्तक पढ़ता, वह उस वर्ष का सबसे अलोकप्रिय लड़का माना जाता। अशोक ने अपने ब्रीफकेस से अपनी पुस्तक निकाली। पुस्तक थी '*द ओकर रोब* (भगवा वस्त्र)' जिसके लेखक एक ऑस्ट्रियाई थे, जो हिंदू संन्यासी हो गए थे। प्रकाशकों ने बड़ी चतुराई से आवरण पर उनके वस्त्र को काफी निकटता से प्रदर्शित किया था और पुस्तक भगवा रंग से नहला उठी थी। अशोक ने पन्ना वहाँ खोला, जहाँ उसने पिछली बार छोड़ रखा था, लेकिन डेल कार्नेगी ने बीते हुए समय की स्मृतियों को कुछ इस तरह से पुनर्जागृत कर दिया था कि हाथ में धरी हुई पुस्तक पर ध्यान टिकाए रखना अब संभव नहीं था। स्कूल के दिन अशोक के मन में दौड़ने लगे। यह उस समय की कटु-मधुर स्मृतियाँ थीं, जब प्रसन्नता और शोक उसके जीवन में एक विचित्र ताना-बाना ,बुनते। सबसे

प्रमुख थी रमेश की याद; दो दशक बीत चुके थे, किंतु अब भी उतनी ही पीड़ादायक।

अपने स्कूल का प्रथम दिन आज भी उसकी स्मृति में था। स्कूल में प्रविष्ट नए-नए लड़के थे, सभी आशंका और घर की याद में व्याकुल। वहीं रमेश और वह पहली बार मिले थे। अशोक को अपने स्कूल की पहली सभा भी आज तक याद है। एक लंबे से और आतंकित करनेवाले हेडमास्टर ने कठोर स्वर में सभी लड़कों का 'स्कूल के परिवार' में स्वागत करते हुए भाषण दिया। 'स्कूल' शब्द पर इतना जोर दिया गया कि उससे एक अजीब सी आशंका ध्वनित होने लगी। जब हेडमास्टरजी आगे बढ़कर अपने मंच पर आसीन हुए तो वह इतने अभिभूत होते हुए प्रतीत हुए कि एक नए लड़के से अपनी साँस पर रोक लगाते न बन पड़ा, जिससे सभागृह में एक हल्की सी हँसी की लहर दौड़ पड़ी। फिर नए लड़कों के नाम पढ़े गए। प्रत्येक नाम के उद्घोष के साथ उस बालक को आगे आना था। निस्संदेह यह नव प्रविष्ट छात्रों के लिए यातना ही थी, लेकिन इस कवायद का उद्देश्य सही था। प्रत्येक बालक का व्यक्तिगत परिचय दिया जा रहा था और उसे स्कूल के व्यावहारिक जीवन के भाग के रूप में स्वीकार किया जा रहा था। 'क्रमांक छत्तीस, अशोक सिंह, अशोक हाउस' की दबी खिलखिलाहटों के मध्य अशोक आगे बढ़ा था। उसके बाद उद्घोषक की आवाज गूँजी, 'क्रमांक सैंतीस, रमेश कपूर, अशोक हाउस।'

स्कूल के प्रथम दिन से ही वह दोनों पक्के मित्र बन गए थे। पहले सत्र की छेड़खानी और बड़े बच्चों द्वारा किए जानेवाले उत्पीड़न को दोनों ने साथ-साथ भोगा। उन्हें इस बात की संतुष्टि थी कि इस दुर्दशा में वे सहभागी थे। फिर आरंभ हुई थी एक ऊर्जस्वी संस्थान का अंग बनने की कठिन, पीड़ादायी, किंतु प्रफुल्लकारी प्रक्रिया। उनका स्कूल अपने उच्च शैक्षणिक मानदंडों के लिए तो विख्यात था ही, क्रीड़ा और शारीरिक सौष्ठव पर भी स्कूल का आग्रह किसी प्रकार कम नहीं था। अशोक और रमेश दोनों अपने नए आलय के रंग में ढलते गए। शरीर की चरबी के साथ उनकी हिचकिचाहट भी छँटने लगी और वह अपने नए परिवेश के अनुरूप स्वयं को ढालने लगे, अन्य छात्रों की भाँति

बोलने-बतियाने लगे। गणवेश और बोलचाल के तौर-तरीकों के मामले में सख्त परिपाटी के अनुसरण के बावजूद हर लड़का अपनी विशिष्ट क्षमताओं में विकसित होने लगा। रमेश आगे चलकर एक उत्कृष्ट खिलाड़ी निकला। कनिष्ठ छात्र के रूप में भी वह स्कूल के हॉकी एकादश में प्रवेश पा चुका था। वह अपने हाउस (गुट) के सबसे तेज धावकों में था और साथ ही स्कूल के लिए मुक्केबाजी भी करता था। तैरने में तो उसकी स्पर्धा बस मछलियों से थी और लंबी दौड़ में उसने नाम कमाया। जिम्नेस्टिक्स में भी वह उत्कृष्ट निकला। पढ़ाई में रमेश औसत ही था और स्कूल की समापन परीक्षाएँ उत्तीर्ण करने में उसे कुछ कठिनाई हुई थी।

अशोक रमेश से विपरीत प्रकृति का था। स्वभाव से अंतरावलोकन-उन्मुख और क्रीड़ाभूमि की उठा-पटक से पराङ्गमुख था, किंतु अपने शुरुआती छात्र-जीवन से ही वह अध्ययनशील था। उसके वर्ग का प्रमुख शिक्षक उसे एक आदर्श छात्र के रूप में देखता था और परीक्षाओं में वह अपनी कक्षा में तीसरे या चौथे स्थान से नीचे तो शायद ही रहता। क्रीड़ा और शारीरिक प्रशिक्षण तो अशोक को भी करना ही पड़ा, क्योंकि उसके स्कूल में कोई इन गतिविधियों से बच नहीं सकता था, लेकिन अशोक उनसे सदा बिदकता था। क्रीड़ा और शारीरिक श्रम से उसे लगभग जुगुप्सा थी। ऐसा नहीं था कि वह कायर था; बल्कि ललकारे जाने पर वह असामान्य साहस का परिचय दे सकता था। बात इतनी ही थी कि स्वभावतः वह पुस्तकालय अथवा संगीत विद्यालय में खोए रहना पसंद करता। संगीत उसकी दूसरी पसंद थी; पहली थी पुस्तकें। गाने और बाँसुरी बजाने में अशोक का अच्छा दखल था।

रमेश और उसमें इस स्पष्टतः गोचर अंतर ने उनकी मित्रता को और परिपूर्ण बनाया। अशोक गृहकार्य (होमवर्क) में, विशेषकर गणित और अंग्रेजी निबंधों में रमेश की सहायता करता, जबकि रमेश तैराकी और दौड़ की बारीकियों को लेकर अशोक को प्रोत्साहित करता। दोनों के व्यक्तित्वों का अंतर्ग्रंथन नैसर्गिक था, और बढ़ती आयु के साथ उनकी मित्रता और गहरी होती गई। किसी भी क्रीड़ा प्रतियोगिता में जब रमेश प्रतियोगी होता, तब अशोक निरपवाद

रूप से उसके दर्शकों में होता। उसी प्रकार जब भी अशोक किसी परिसंवाद में बोल रहा होता या किसी संगीत सभा में गा अथवा बजा रहा होता तो रमेश उससे अनुपस्थित न रहता। एक-दूसरे के साथ दोनों जितना समय बिता सकते थे, बिताते थे। उन्हें एक-दूसरे के सान्निध्य में एक अवर्णनीय आनंद की अनुभूति होती थी, जो वह किसी और के साथ अनुभव नहीं कर पाते।

हालाँकि रमेश पंजाबी था। उसके पिता, जो भारतीय प्रशासनिक सेवा में एक वरिष्ठ अधिकारी थे, अनेक वर्षों तक कलकत्ता में तैनात रहे थे। यहीं पर रमेश अपनी स्कूली छुट्टियाँ बिताता था। अशोक के पिता सेना में रहे थे और उनके स्थानांतरण की अनियमितता से अशोक को यह पता नहीं रहता कि उसकी अगली छुट्टियाँ कहाँ बीतनेवाली थीं। उसका घर प्रधानपुर में था, जो हिमालय की तलहटी में बसा एक छोटा सा शहर था। यह लघु नगरी छोटे पर्वतों के मध्य स्थित थी, जो सुदूर उत्तर के हिमाच्छादित पर्वतों में विलीन रहते थे। एक बार अशोक की छुट्टियों के दौरान उसके पिता भी घर आए हुए थे। तब अशोक रमेश को भी अपने घर एक पखवाड़ा बिताने के लिए लिवा लाया। वह दिन अशोक के जीवन के सुखदतम दिन थे। वह और रमेश घंटों प्रधानपुर के समीप के देहात में घूमते हुए घाटियों, नालों, और वहाँ की नदी का अन्वेषण करने का आनंद उठाते। वहाँ के लगभग अदृश्य तालाबों में पाए जानेवाली महाशीर मछली काफी भारी-भरकम हुआ करती थी। दोनों ही मित्रों को अशोक के पसंद के एक अड्डे पर चढ़ना बहुत सुहाता था। यह कुछ ऊँचाई पर स्थित एक तालाब था, जिससे लगभग सौ फीट ऊँचा एक झरना निःसृत होता था। जनश्रुति यह थी कि यह जलप्रपात प्रेतबाधित था; आसपास के ग्रामवासी वहाँ से दूर ही रहते। दोनों मित्र उस तालाब के पास बैठ उसके किनारे से झरने को नीचे एक और गहरे सरोवर में गिरता देखते। प्रपात का जल तेजी से नीचे बहते हुए ऐसा प्रतीत होता मानो अगणित तारों का विमोचन हो रहा हो। अशोक और रमेश की आपसी समझ अतींद्रिय कोटि की थी और उसमें संवाद की आवश्यकता प्रायः न के बराबर थी। ऐसा केवल एक बार हुआ, जब वह तालाब के किनारे बैठे थे, उन्होंने एक विशाल मछली को जल से उछलते हुए देखा। उसका

चमचमाता शरीर एक क्षण के लिए अद्‌भुत रीति से हवा में तैरता हुआ, फिर छपाक से पुन: तालाब में विलीन हो गया। दोनों ही मित्र चित्रवत उस जलचर के क्षणिक विहंगम विचरण का आनंद लेते रहे। उस क्षण की प्रसन्नता उनके शरीरों में वेगपूर्वक दौड़ती रही।

अशोक और रमेश अब अपने स्कूली जीवन के पाँचवें वर्ष में प्रवेश कर चुके थे। विद्यालय से विदा होने से पूर्व की अंतिम परीक्षा देने में अभी दो ही सत्र शेष थे कि उनकी मित्रता का अकस्मात् और हृदयविदारक अंत हुआ। रमेश, अशोक की अपेक्षा अधिक बहिर्मुखी और दबंग था और कभी-कभार स्कूल से गायब हो, कोई पिक्चर देखने या शहर के किसी रेस्तराँ का जायका लेने से बाज नहीं आता था। इस प्रकार की हरकत जोखिम से खाली नहीं थी, क्योंकि पकड़े जाने पर कठोर दंड मिल सकता था, यहाँ तक कि स्कूल से निष्कासन भी। रमेश ने यद्यपि अनेक बार प्रयत्न किया था, किंतु अशोक को वह कभी भी अपनी इन लीलाओं में शामिल होने के लिए मना नहीं पाया था। उन दोनों की दोस्ती गहरी जरूर थी, लेकिन अशोक को यही लगता कि स्कूल के नियम भंग करने का आनंद उससे जुड़े जोखिमों के तुल्य नहीं था।

इस बार भी कुछ ऐसा ही हुआ। रमेश ने अशोक को साथ चलने का आग्रह किया, किंतु अशोक ने मना कर दिया। रमेश ने अपने कमरे के एक और साथी आफताब को अपने साथ चलने के लिए मना लिया। उनके कमरे का चौथा साथी था अनिल, जो रमेश का मौन भक्त था, किंतु वह अशोक और रमेश की मित्रता से ईर्ष्या रखता था।

अशोक कभी-कभी परिहास में रमेश को चेतावनी भी दी, 'सावधान रहना रमेश, किसी दिन पकड़े जाओगे।' रमेश अपनी चिर-परिचित प्रफुल्ल और उन्मुक्त मुद्रा में हँस दिया, मानो उसे ऐसी किसी संभावना की खास चिंता नहीं थी।

साढ़े आठ बजे नियमानुसार उनके छात्रावास की बत्तियाँ बुझा दी जाती थीं, जबकि पिक्चर का आखिरी शो रात नौ बजे शुरू होता। हमेशा की भाँति रमेश ने पंद्रह मिनट प्रतीक्षा की और फिर शनिवार, रात्रि भोज के अपने कपड़े पहन कमरे की खिड़की से आफताब के साथ बाहर निकल पड़ा। चोरी-छिपे

दोनों ने ही अपने भवन के पिछवाड़े का रास्ता पकड़ा। लेकिन वह मुख्य सड़क तक पहुँचे ही थे कि भय के मारे ठिठककर वहीं जड़ हो गए। दोनों के चेहरों को भेदते हुए टॉर्च की तेज रोशनी ने उन्हें वहीं कीलित कर दिया। छात्रावास-निरीक्षक श्री दत्त का दृढ हाथ रमेश के कंधे पर पड़ा और वह गरज उठे, 'तो हमें मिली वह चिट्ठी आखिर सही निकली। हमने तुम दोनों को रँगे हाथों पकड़ लिया है।'

प्रेम और घृणा के बीच की विभाजक रेखा भी कितनी महीन और क्षीण है! यह तंतु ऐसा है कि न जाने कब ठप्प हो जाए! और पकड़े जाने पर रमेश के साथ भी कुछ ऐसा ही हुआ। अपमान और क्रोध की दोहरी मार के उस क्षण में वह यह मान बैठा कि प्राचार्य को चुगली करनेवाली चिट्ठी अशोक ने लिखी होगी। उसके विवेकहीन क्रोध की कोई सीमा न रही और तर्कसंगत सोच की उसकी क्षमता पूरी तरह स्तब्ध रह गई। निरीक्षक दत्तजी ने दोनों लड़कों को अपने कमरे में लौटने का तल्ख आदेश दिया। अपमान और गुस्से से तमतमाए रमेश और आफताब अपने कमरे में घुसे। अनिल तो सो रहा था—अथवा ऐसा प्रतीत हो रहा था, लेकिन अशोक अभी जगा था।

'अरे! क्या हुआ?' अशोक ने पूछा। 'इतनी जल्दी वापस भी आ गए?'

अशोक का प्रश्न सुन रमेश का रहा-सहा आत्मनियंत्रण टूट गया। वह अशोक के बिस्तर पर कूद पड़ा और उसे खींचकर उसके दोनों गालों पर जोर से थप्पड़ जड़ दिया।

'तुम···' रमेश की आवाज में फुफकार सी थी, 'कमीने, नीच···'

रमेश का थप्पड़ खाकर और गालियाँ सुनकर अशोक काफी देर तक संज्ञाशून्य रह गया। फिर फफककर रोते हुए उसने तकिये में अपना सिर छिपा लिया। प्रत्युत्तर में उसने कहा कुछ भी नहीं। क्या बचा था कहने को, जब उसके अभिन्न मित्र ने उसे धोखेबाज समझ लिया हो?

रमेश अपने बिस्तर में घुसते हुए भी अशोक को धमकाए जा रहा था, "अगर किसी को इसके बारे में एक शब्द भी कहा तो मार-मारकर बुरा हाल कर दूँगा।"

और फिर कमरे में सन्नाटा छा गया। उस रात अशोक की नींद टूटी-टूटी सी थी। प्रात: जब उठा तो उसे बुखार चढ़ चुका था; बल्कि वह बेसुध से बिस्तर पर ही पड़ा रहा। उसे स्कूल के चिकित्सालय में स्थानांतरित करना पड़ा, जहाँ उसे कई दिनों तक उपचार के लिए रहना पड़ा। एक बार भी रमेश उससे मिलने नहीं आया। अशोक के दु:ख और अवसाद की कोई सीमा न रही और अंतत: उसने अपने पिता को चिट्ठी लिखकर उस स्कूल से निकलवाने का अनुरोध किया। कर्नल कृपाल सिंह कुछ ही समय पहले दिल्ली स्थानांतरित हुए थे, जहाँ उन्हें कई वर्षों बाद सपरिवार रहने के लिए सेना की ओर से आवास आवंटित हुआ था। अपने एकमात्र पुत्र को अपने साथ रखने की इच्छा का अब वे संवरण नहीं कर पा रहे थे। उन्होंने प्राचार्य को पत्र लिखकर अनुरोध किया कि अशोक को स्कूल छोड़ने की अनुमति दी जाए। प्राचार्य महोदय ने अशोक से इस विषय में लंबी बातचीत की। अपनी कठोर बाह्य मुद्रा के पीछे वह एक सहृदय और समझदार व्यक्ति थे। अशोक के हठ को देखते हुए वह उसे अपने स्कूल से मुक्त करने के लिए सहमत हुए। एक सप्ताह के भीतर ही अशोक ने अपने उस विद्यालय को अलविदा किया और अपने दिल्ली वाले घर आ पहुँचा।

जहाँ तक रमेश की बात थी, जिसे उसने एक दोस्त द्वारा की गई दगाबाजी समझ रखा था, उस पर वह इस तरह खफा था कि अशोक को जब स्कूल के चिकित्सालय में रखा गया, तब उसे एक रुग्ण संतुष्टि की अनुभूति हुई। छात्रावास-निरीक्षक दत्त ने उसे और आफताब को रात वाली घटना के अगले ही दिन अपने कार्यालय में बुलाकर, दोनों को उनके जीवन की तब तक की कठोरतम फटकार लगाई। क्रीड़ा में रमेश के स्कूली कीर्तिमान तथा इस बात को भी मद्देनजर रखकर कि यह उसका पहला अपराध था, छात्रावास-निरीक्षक ने कहा कि वह कुछ नरमी बरतेगा और रमेश को निष्कासन का दंड नहीं मिलेगा। लेकिन रमेश को और प्रकार की सजाएँ सुनाई गईं। शनिवार रात को सिनेमा और मंगलवार की स्कूली कैंटीन में शिरकत करने की छूट से उसे अपने स्कूली सत्र की शेष अवधि के लिए हाथ धोना पड़ा।

जब रमेश को यह पता चला कि अशोक स्कूल छोड़ चुका है तो उसकी पहले की धारणा और पुष्ट हुई कि उसका पूर्व मित्र उसका सामना करने से

कतरा रहा था, इसलिए स्कूल छोड़ गया। दिन और सप्ताह बीतते गए और एक दिन उसके सत्र का समापन भी आ गया। छात्रावास-निरीक्षक दत्त से जब रमेश विदा लेने गया तो अकस्मात् पूछ बैठा, 'महोदय, अब जब सबकुछ समाप्त हो चुका है, क्या आप मुझे बता सकते हैं कि उस चिट्ठी में ऐसा क्या लिखा था, जिसे पढ़कर आपने हमें उस रात नियम तोड़ते हुए पकड़ा था?'

दत्त साहब ने बतलाना शुरू किया, फिर बीच में रुके और बोले, 'जरा ठहरो! मेरे पास वह चिट्ठी अभी भी रखी हुई है।' और उन्होंने अपने मेज का ड्राअर खोल, उसमें से खोजकर कागज का एक टुकड़ा निकालते हुए कहा, 'यह रहा, पढ़ो इसे।'

चिट्ठी हाथ में लेते ही रमेश की देहयष्टि में कँपकँपी दौड़ गई। उसके चेहरे का रंग उड़ गया।

'क्या बात है रमेश, तुम ठीक तो हो? कहीं तुम्हारी तबीयत तो खराब नहीं हो गई?'

'न-नहीं, सर,' रमेश ने लड़खड़ाती जबान में कहा। 'यह अशोक की लिखावट नहीं है।'

'बिल्कुल नहीं है,' छात्रावास-निरीक्षक बोले। 'तुम यह सोच भी कैसे सकते हो कि तुम्हारा सबसे अच्छा दोस्त तुम्हारी चुगली करेगा? यह चिट्ठी तो अनिल ने लिखी थी।'

रमेश का माथा भन्ना रहा था और आँखों में भर आए आँसुओं के कारण वह अब साफ देख नहीं पा रहा था। दत्त साहब से किसी तरह छुट्टी पाकर वह उनके कक्ष से निकलकर दौड़ते हुए अपने कमरे में लुढ़कता हुआ आया। अनिल वहाँ नहीं था, क्योंकि एक दिन पहले ही वह वहाँ से विदा हो चुका था। अशोक का बिस्तर तब से खाली पड़ा था, जब से उसने सत्र के मध्य में स्कूल छोड़ दिया था। रमेश उस पर गिरकर देर तक सिसकता रहा। गहरी आत्मग्लानि से वह टूट चुका था। उसे अब अशोक का चेहरा दिखाई देने लगा; उन दोनों के साथ के अनगिनत क्षण एक-एक कर नेत्रों के सामने घूमने लगे। उसे वह क्षण याद आया, जब वे दोनों प्रधानपुर के जंगलों में झरने के पास पानी से उछलने

वाली विशाल मछली को देख आश्चर्य से अभिभूत हुए थे। फिर अनायास, बल्कि विवश होकर उसे अशोक की वह मुद्रा भी याद आई, जब उस रात उसने क्रोध में आकर अशोक को जोर से थप्पड़ मारा था। अशोक का भीत-चकित चेहरा, जो उसने उस रात देखा था, वह अब पूरा जीवन रमेश के अंतःकरण को दग्ध करनेवाला था।

अंततः जब रमेश कुछ स्वस्थ हुआ, वह सीधे स्कूल के प्राचार्य के निवास तक दौड़ता हुआ गया। उन्हें वहाँ न देख, रमेश स्कूल के कार्यालय में गया, जहाँ उसे अशोक का पता मिला। तुरंत ही उसने अशोक को पश्चात्ताप और कोमलता से परिपूर्ण एक लंबा पत्र लिखा, जिसमें अपनी भयंकर भूल के लिए उसने क्षमा माँगी। रमेश ने अपने पहले पत्र के बाद दूसरा लिखा, फिर तीसरा, किंतु वहाँ से कोई प्रत्युत्तर नहीं आया। दरअसल, अशोक के पिता ने यह सुनिश्चित कर रखा था कि उसके पुराने स्कूल का कोई भी संपर्क या स्मृति उनके पुत्र को पुनःपीड़ित न कर सके। अतः उन्होंने रमेश के पत्रों को अशोक के हाथ लगने ही नहीं दिया। उधर अशोक यह मान चुका था कि रमेश उससे अभी भी गुस्सा था, जबकि रमेश ने यह मान लिया कि अशोक उससे इतना रुष्ट है कि वह कोई जवाब नहीं देगा। दिन, महीने और वर्ष बीत गए।

विमान के घोषणा संयंत्र पर विमान-चालक के स्वर ने अशोक को उसके दिवास्वप्न से झटके से बाहर ला फटका। उसे यह देख आश्चर्य हुआ कि उसकी आँखें भीग आई थीं। उसने अपनी नाक साफ कर विमान की खिड़की से बाहर झाँका। विमान उस समय भाखड़ा-नांगल बाँध के ऊपर से गुजर रहा था। अशोक ने भाखड़ा एक बार पहले भी देखा था, जब उसका निर्माण हो रहा था और विश्व के इस अद्‌भुत अभियांत्रिकीय करिश्मे से अभिभूत होना भी उसे याद आया। किंतु आकाश से भाखड़ा अत्यंत तुच्छ लग रहा था। ऐसा प्रतीत हो रहा था कि प्रकृति की भव्य विराटता के मध्य भाखड़ा-नांगल बाँध का अस्तित्व एक कंकड़ से अधिक नहीं था।

अशोक शौचालय जाने के लिए अपनी जगह से उठा। अपनी पुस्तक को उसने सामनेवाली कुरसी के पीछे की जेब में ठूँसा और गलियारे से अपना रास्ता

बनाते हुए निकलने की कोशिश में था। इतने में उसका पाँव एक खिलौना ट्रक से टकराया, जो गलियारे की उस ओर उसके सामने की सीट में बैठे जुड़वाँ बच्चों में से एक ने वहाँ छोड़ रखा था। लड़खड़ाकर अशोक गलियारे में शौचालय से आ रहे एक व्यक्ति की बाँहों में जा गिरा।

''जरा सँभल के।'' सामने से आ रहे व्यक्ति ने कहा।

अशोक ने कुछ झेंपकर अपना सिर ऊपर उठाया, फिर एकदम से अपने स्थान पर जड़ीभूत हो गया।

उसके सामने जो व्यक्ति खड़ा था, वह रमेश था।

□

अध्याय 2

अशोक अपने स्थान पर कितनी देर जड़वत् खड़ा रहा—एक मिनट, एक प्रहर अथवा शाश्वत अवधि तक—स्वयं उसे ही इसका भान नहीं रहा। रमेश को उसे पहचानने में एक क्षण लगा।

''अशोक!'' उसके अवरुद्ध कंठ से स्वर फूटा। रमेश की आँखें आँसुओं से भर आईं और उसने अशोक को जबरन पकड़कर खिड़की वाली सीट पर बैठाया और खुद उसके बगलवाली सीट पर बैठ गया। ''कहाँ थे तुम? और मेरी किसी भी चिट्ठी का जवाब क्यों नहीं दिया?''

अशोक ने रमेश से नजर चुराई। उसने शून्य आँखों से खिड़की के बाहर देखते हुए अपने निचले होंठों को इतना जोर से दबाया कि उससे खून निकलने लगा। अपनी भावनाओं पर वश पाने के लिए उसे काफी क्षणों तक अपने आप से जूझते रहना पड़ा। फिर वह रमेश की ओर मुड़ा, जो इस समय उन्मुक्त रूप से आँसू बहाए जा रहा था। रमेश के आँसू उसके बीहड़ गालों से खिसककर उसके कोट की मुड़ी पर टपक रहे थे।

अंततः अशोक के मुँह से स्वर फूटा, ''मुझे तो कोई चिट्ठी नहीं मिली।''

''लेकिन मैंने तो ढेर सारी लिखी थीं—कम-से-कम एक दर्जन। जैसे ही मुझे पता चला वह सत्यानाशी चिट्ठी तुमने नहीं, अनिल ने लिखी थी।''

अशोक के चेहरे पर एक दुख-भरी फीकी मुसकान उभर आई। उस पर वर्षों पहले लगे आरोप की असत्यता से अधिक पीड़ा उसे इस बात की हुई थी कि इतने वर्षों की मित्रता के बाद भी रमेश ने यह मान लिया था कि अशोक उसके साथ ऐसा कृत्य कर सकता है।

"कोई बात नहीं, जो हुआ वह बहुत पहले की बात है। हमें उस घटना को भूल जाना चाहिए।" अशोक ने कहा।

"भूल जाएँ?" रमेश ने लगभग चिल्लाते हुए कहा, "कैसे भूल जाऊँ कि अपने अंधे क्रोध और मूर्खता में मैंने उस व्यक्ति की प्रेम और मित्रता को नष्ट कर दिया, जो मुझे दुनिया में सबसे प्रिय था? क्या तुम मुझे माफ करोगे? क्या तुम मुझे कभी माफ कर सकते हो?"

अशोक फिर खिड़की से बाहर झाँक रहा था। विमान अब पर्वत शृंखला के ऊपर से गुजर रहा था, जो उत्तर दिशा की ओर गमन के साथ उतरोत्तर ऊँची और खड़ी ढलान युक्त होती जा रही थी। एक लंबे मौन के बाद उसने कहा, "रमेश, जीवन में हम अकसर ऐसी परिस्थितियों के सम्मुख हो जाते हैं, जो हमें विचित्र और त्रासद प्रतीत होती हैं। लेकिन मेरा गहन विश्वास है कि जो कुछ होता है, भले के लिए होता है। मैं तुम्हें क्षमा करने का आश्वासन देता हूँ एक शर्त पर—तुम उस घटना का फिर से उल्लेख नहीं करोगे; न मुझसे और न ही किसी और से।"

रमेश अब तक स्वयं पर कुछ नियंत्रण पा चुका था। अशोक का हाथ अपने हाथ में लेते हुए उसने कहा, "ठीक है, अशोक। मुझे तुम्हारी शर्त मंजूर है। बस इतना बताओ कि क्या अपने द्वारा किए गए अन्याय की भरपाई कर सकता हूँ, यदि कोई हो सके…"

"भरपाई की यह क्या बात है?" अशोक ने मुसकराते हुए पूछा, "भरपाई दुश्मनों के बीच होती है, दोस्तों में नहीं।"

रमेश अब कुछ सहज हुआ और हल्की मुसकान के साथ अपनी सीट में एक ठंडी आह लेकर, पीछे टेक लगाकर बैठा। उसके बाद उसने वार्त्तालाप की कड़ी जारी रखी।

"लेकिन तुम कैसे हो, अशोक? कहाँ रहते हो, क्या करते हो? स्कूल छोड़ने के बाद तुमने क्या किया?"

अंतिम प्रश्न सुन अशोक की आँखों में एक बार पुनः पीड़ा उठी, लेकिन उसने उसे यथाशीघ्र दबा दिया। हँसते हुए उसने कहा, "अरे भई, एकबारगी एक सवाल करो।"

फिर उसने संक्षेप में रमेश को बताया कि स्कूल के उपरांत उसका जीवन कैसा रहा। स्कूल छोड़ने के बाद रमेश के साथ हुई त्रासद घटना से उसकी भावनाएँ बुरी तरह आहत ही नहीं, खंडित भी हुई थीं। कुछ सप्ताहों तक वह अपनी भावनाओं की इस भग्नावस्था में ऐसा पड़ा रहा कि किसी पुस्तक की ओर देख भी नहीं पाया। उन्हीं दिनों स्वामीजी से प्रथम बार उसकी भेंट हुई थी, जो दिल्ली के पास ही एक छोटी सी कुटी में निवास कर रहे थे। उसकी माता वहाँ अकसर जाती थी और एक बार उन्होंने अपने पुत्र को साथ चलने के लिए मना लिया था। अशोक उपासक या धार्मिक नहीं था, किंतु अपनी माँ से उसने विरासत में एक गहन आध्यात्मिक प्रवृत्ति प्राप्त की थी। स्वामीजी को जिस क्षण उसने पहली बार देखा, उसके भीतर न जाने क्या विगलित हुआ और वह रोते हुए उस कक्ष से भाग निकला। स्वामीजी ने उसकी माँ से अशोक को अगले दिन अकेले भेजने के लिए कहा था।

स्वामीजी के साथ हुई दूसरी भेंट अशोक के लिए अत्यंत महत्त्वपूर्ण प्रमाणित हुई। स्वामीजी का व्यक्तित्व विराट् था। उनका मस्तक धवल केशराशि से पूरी तरह आच्छादित हो, निरभ्र आभामंडल दीप्त करता प्रतीत हो रहा था। अशोक से उन्होंने तीन घंटों तक बात की। उसके मन के भीतर पढ़ लेने की जैसी उनकी अद्‌भुत क्षमता थी। स्कूल छोड़ने के पश्चात् पहली बार अशोक ने आँसू बहाते हुए उस पीड़ाजनक घटना की पुनरावृत्ति की थी।

स्वामीजी ने ध्यान से उसका वृत्तांत सुनते हुए एक हाथ से अशोक के केश सहलाते हुए और दूसरे से अपनी माला के दानों पर हाथ फेरते हुए कहा था, 'वत्स, जो कुछ होता है, वह ईश्वर की इच्छा के अनुसार होता है। अच्छे के लिए ही होता है। जहाँ कहीं भी रहो, इस बात को सदैव स्मरण रखना। मनुष्य अपने विवेक के अनुसार बस आचरण कर सकता है। परिणाम उसके वश के बाहर हैं, अत: उनपर शोक करना व्यर्थ है। तुम अभी युवा हो और तुम्हारे आगे अनेक रचनात्मक वर्ष अभी पड़े हैं। तुम्हें अपने आपको सँभालकर अपनी शिक्षा पर ध्यान देना होगा।'

अशोक की निराशा का स्थान एक नए विश्वास ने ले लिया था और उसने

अपनी शिक्षा जारी रखने का निश्चय किया। अगले वर्ष उसने स्कूल की अंतिम परीक्षा एक निजी छात्र के रूप में द्वितीय श्रेणी में उत्तीर्ण की। फिर उसने दिल्ली के सर्वश्रेष्ठ कॉलेजों में से एक में प्रवेश प्राप्त कर वहाँ से अर्थशास्त्र ऑनर्स में प्रथम श्रेणी में अपनी उपाधि भी प्राप्त की। उसके पिता धनाढ्य नहीं थे, लेकिन काफी त्याग कर उन्होंने इंग्लैंड में व्यावसायिक प्रबंधन में उच्चतर शिक्षा हेतु अशोक को भेजने के लिए आवश्यक धनराशि जुटाई। अशोक वहाँ से डिप्लोमा प्राप्त कर लौटा और शीघ्र ही भारत की एक शीर्ष तंबाकू कंपनी में उनके प्रबंधन सलाहकार के रूप में उसे एक अच्छी नौकरी भी मिली।

किंतु अगले ही वर्ष अशोक के परिवार का त्रासदी से सामना हुआ। उसके पिताजी लद्दाख में हुई दुर्घटना में चल बसे। उनकी मृत्यु अशोक और उसकी माता के लिए बहुत बड़ा व्याघात रहा। अशोक की माँ ने तो कुछ ही समय बाद दिल्ली छोड़ दी और प्रधानपुर के अपने घर जा बसी। अशोक के बहुत मनाने पर भी वह पुन: दिल्ली नहीं आईं।

हाल ही में अशोक की कंपनी में भी अनियमितताओं के चलते गंभीर अवरोध उत्पन्न हुए थे। मामले की शुरुआत उच्चतम स्तर पर नीति-संबंधी तकरार से हुई, किंतु कंपनी की दिल्ली शाखा का प्रबंधक भी जल्द ही विवाद की चपेट में आ गया। अपनी बात मनवाने के लिए उसने अशोक को भी अपने साथ कर लिया था और परिणामस्वरूप अशोक को प्रबंध निदेशक का कोपभाजन बनना पड़ा। मामला सुलझने का नाम नहीं ले रहा था। अत्यंत खिन्न होकर अशोक ने एक महीने की छुट्टी के लिए आवेदन किया और उसे आश्चर्य हुआ, जब वह स्वीकृत भी हो गई। उसकी कंपनी के प्रबंधन ने भी यह सोचा कि उसे कुछ दिनों के लिए दिल्ली से दूर रखने में ही उसकी भलाई थी।

दिल्ली में अपने छोटे से आवास को बंद कर और अपने नौकर को छुट्टी पर भेज, अशोक अपनी माता के साथ समय बिताने प्रधानपुर आ पहुँचा। लेकिन एक पखवाड़ा बीता ही था कि अशोक के भीतर छटपटाहट शुरू हुई, क्यों और किसलिए, वह समझ नहीं पाया था। उसकी माँ ने सहज रूप से अपने पुत्र की इस व्याकुलता को ताड़ लिया और उसे यह सुझाव दिया कि वह अपनी

छुट्टी के शेष पंद्रह दिन कश्मीर में बिताए।

माँ का यह हठ निष्प्रयोजन नहीं था। उनकी दबी हुई आशा यही थी कि उनके पुत्र को उन वादियों में कोई लड़की पसंद आ जाए और वह विवाह के लिए तैयार हो। जब से अशोक लंदन से लौटा था, वह और अशोक के पिता उससे शादी कर गृहस्थी में स्थिर होने का आग्रह करते रहे। दोनों ने अपने समुदाय की अनेक लड़कियों के फोटो भी अशोक को दिखाए और दिल्ली में उनमें से कुछ से भेंट का भी आयोजन किया। किंतु अशोक ने लड़कियों से मिलने में रुचि कम और इस सारी कसरत से बचने में सक्रियता अधिक दिखाई।

और फिर उसके पिता चल बसे। उन्हें गुजरे हुए एक वर्ष जैसे-तैसे बीता, और फिर अशोक की माता उसकी शादी के विषय को ले मोरचे पर पुनः आ डटी, इस बार और भी शिद्दत से।

'पिताजी तो चल बसे' वे कहतीं, 'और मैं भी यहाँ बस कुछ दिनों की मेहमान हूँ। मेरे जाने से पहले क्या मुझे अपनी बहू को देखने और पोते-पोतियों के साथ खेलने का सुख भी नहीं दोगे?'

अब इस मातृ-हठ से विमुक्ति पाए तो कैसे? हर बार अशोक कुछ कहके टाल देता या विषय-परिवर्तन करता, किंतु मन ही मन जानता था कि निर्णय की घड़ी को अनिश्चित काल के लिए वह टाल नहीं सकता था।

और अब वह कश्मीर आया हुआ था। सौंदर्य की इस विख्यात घाटी में कुछ समय बिता, अपने उद्विग्न मन को कुछ शांत करने का यह यथासंभव उद्योग अधिक था।

"और अपनी सुनाओ। तुम यहाँ क्या कर रहे हो?" उसने रमेश से पूछा।

"अरे, मैं तो सेना में हूँ, जैसाकि मैं हमेशा कहा करता था।" रमेश ने मुसकराते हुए कहा। "और इस समय मैं अपने हनीमून पर आया हुआ हूँ। बड़ी मुश्किल से एक पखवाड़े की छुट्टी मिली।"

"बधाई हो।" अशोक की प्रसन्नता यह सुनकर सचमुच अमिश्रित थी। "कौन है वह सौभाग्यवती?"

"अरे आओ भी, मैं उसका तुमसे परिचय कराता हूँ।"

उनका विमान इस समय बनिहाल दर्रे के ऊपर से गुजर रहा था, जो

कश्मीर घाटी में प्रवेश करती है। इतने में विमान ने मुड़ते हुए एक हल्के से झटके का अनुभव किया। विमान के भीतर से भी दोनों ओर हिमाच्छादित पर्वत शिखर आकाश को तीक्ष्णता से भेदते हुए साफ दिखाई पड़े। बनिहाल दर्रे को विमान ने कब पार किया इसका आभास नहीं हुआ, किंतु अब उनके सामने घाटी की हरियाली का पूरा विस्तार स्पष्ट नजर आ रहा था। अशोक को प्रतीत हुआ कि घाटी उसकी कल्पना की किसी भी घाटी की अपेक्षा अधिक विशाल है। लगभग निःस्सीम रूप से विस्तीर्ण उसके आलिंगन में हिमाच्छादित पर्वतों की एक पूरी शृंखला थी। अशोक को याद आया कि काव्यात्मक वर्णनों में कश्मीर घाटी को मोतियों की माला में आबद्ध पन्ने के रूप में किया गया है और आकाश की ऊँचाइयों से उसका भव्य सौंदर्य सचमुच हर काव्यात्मक वर्णन पर इक्कीस ही प्रतीत हो रहा था।

अशोक रमेश के पीछे विमान के दूसरे छोर तक चल पड़ा। खिड़की वाली सीट पर खिड़की की ओर मुँह किए हुए बनारसी साड़ी पहनी एक महिला बैठी हुई थी। उसके लंबे घने केश जलप्रपात की भाँति उसके कंधों पर झूल रहे थे।

''डार्लिंग!'' रमेश ने लगभग चिल्लाते हुए कहा, ''क्या गजब का अचरज है। यह है मेरे स्कूल के दिनों का अजीज दोस्त, अशोक सिंह, जिसके बारे में मैंने तुम्हें बताया था। और अशोक, यह है मेरी पत्नी शीला।''

खिड़की के पास बैठी उस महिला ने मुड़कर अशोक को देखा। एक क्षण के लिए दोनों में दृष्टि-विनिमय हुआ। अशोक आज दूसरी बार अपने स्थान पर जड़वत् खड़ा रह गया। अवास्तविकता ने आज दूसरी बार उस पर ऐसा घनघोर आक्रमण कर दिया था। अशोक को लगा कि यथार्थ जगत् से कोई अदृश्य शक्ति उसे खदेड़कर किसी भ्रमलोक में रोपित कर रही हो। वह वस्तुजगत् में स्थित था अथवा किसी चित्रलोक में, उसका मस्तिष्क यह समझ पाने में असमर्थ था।

उस सुंदर महिला ने पूर्ण शिष्टता से अपनी हथेलियाँ जोड़, अशोक का 'नमस्ते' से अभिवादन किया। अशोक ने भी यंत्रवत् अपने हाथ जोड़कर 'नमस्ते' कहकर शीला के अभिवादन का उत्तर दिया।

शीला पुनः खिड़की की ओर मुड़कर बोली, ''रमेश, जरा घाटी की ओर

देखो तो। है न कितनी सुंदर?''

घोषणा यंत्र पर कड़कती ध्वनि ने अशोक की जड़मुद्रा भंग की। 'विमान अब उतरने की तैयारी कर रहा है। कृपया अपनी कुरसी की पेटियाँ लगाएँ और 'धूम्रपान निषिद्ध' चिह्न का पालन कीजिए। विमान के पूरी तरह रुकने तक कृपया अपनी जगहों से न उठें।' उद्घोषिका का स्वर सुनाई देते ही सभी यात्री कुरसी की पेटियों को ठीक करने की गतिविधि में व्यस्त हुए। दबी आवाज में कुछ बहाना बनाकर अशोक पुनः अपनी कुरसी पर लौट आया। बैठकर उसने अपना सिर हिलाया-डुलाया, ताकि स्वयं को यह आभास दिला सके कि वह सचमुच जगा है। परिचारिका ने उसे अपनी कुरसी-पेटी बाँधने के लिए इंगित किया, जिससे पुष्टि हुई कि वह वास्तविक लोक में ही है। अशोक ने सीट-बेल्ट कसी और कुरसी पर अपनी पीठ टेक दी। विमान उतरने को था, किंतु उसका मन बीते हुए समय में तेजी से उड़ान भर रहा था।

उसका मन लंदन के दिनों की ओर लौट चला था। शुरू में लंदन उसे जरा भी अच्छा नहीं लगा था, कम-से-कम प्रारंभ के महीनों में तो बिल्कुल भी नहीं। ब्रिटेन का यह प्रधान शहर और राजधानी अधिकतर समय शीत और वर्षा से आपूरित रहती और सूरज तो दिन में कभी-कभार दिखाई देता। सूर्य अल्प क्षणों के लिए दृष्टिगोचर होता, किंतु मौका मिलते ही बादलों की ओट में जा छिपने में तनिक भी देर नहीं लगाता। अशोक को अपने देश की सुनहरी धूप, खुले नीले आकाश और सबसे अधिक भारतीय खाने की बहुत याद आती। उसे अपने नए छात्र जीवन में लंदन स्कूल ऑफ इकोनॉमिक्स के छात्रावास में रहना पड़ा, जो एक मंद प्रकाशयुक्त सुनसान आवास था। महाविद्यालय के निकट होना ही उसकी एकमात्र सुविधा थी। आने-जाने का समय और काफी किराया बच जाता था, क्योंकि छात्रावास से महाविद्यालय की दूरी मात्र पाँच मिनटों में पैदल पूरी की जा सकती थी।

अपनी पढ़ाई में व्यस्त होने के बाद अशोक को अपने माहौल में कुछ बदलाव प्रतीत हुआ। वह परिश्रमी और स्पर्धात्मक छात्र तो पहले से था ही और यह नया वातावरण तथा पाठ्यक्रम उसे शीघ्र रुच गया। लंदन स्कूल ऑफ इकोनॉमिक्स में अपने द्विवार्षिक व्यावसायिक प्रबंधन डिप्लोमा के लिए अशोक

को विभिन्न विषयों का अध्ययन करना था; यथा उन्नत आर्थिक सिद्धांत, अर्थमिति (इकोनॉमेटरिक्स), राजनीति शास्त्र, चार्टर्ड एकाउंटेंसी की रूपरेखा, श्रम और कार्मिक प्रबंधन, व्यावसायिक प्रशासन का इतिहास और विकासशील अर्थव्यवस्थाओं में औद्योगिक जगत् की वृद्धि पर एक विशेष पर्चा। पाठ्यक्रम चुनौतीपूर्ण था और पठन की प्रणाली भी प्रेरणादायक थी। भारतीय पद्धति के विपरीत लंदन स्कूल में उपस्थिति और व्याख्यानों की कोई निश्चित अपेक्षा नहीं थी। प्रतिष्ठित अध्यापक आकर विभिन्न विषयों का अध्यापन करते। लंदन स्कूल का पुस्तकालय तो खैर उत्तम था ही, साथ ही उच्च कोटि के शिक्षक भी थे।

अशोक के अपने अध्यापक प्रोफेसर हार्कराइट अर्थमिति (इकोनॉमेटरिक्स) के विशेषज्ञ थे। उन्होंने अशोक के कार्य में पितृवत् रुचि ली और उसके व्याख्यान और संगोष्ठियों को बड़ी कुशलता से पूरा किया। प्रोफेसर हार्कराइट ने अशोक को सदा अपने समकक्ष माना। कहीं किसी प्रकार का आग्रह नहीं था, सिवाय छात्रों की अपनी ज्ञानपिपासा के। उस महाविद्यालय की गंभीर प्रतीति लिए पाषाण दीवारों के पीछे सौहार्दपूर्ण बौद्धिक वातावरण विद्यमान था। अशोक के वर्ग में कुल तीस छात्र थे, जिनमें चार भारतीय भी शामिल थे। अशोक के यह भारतीय सहपाठी थे—गोपाल मावलंकर और जी.एस. अखिलन और दो सहपाठिनें भी थीं—सावित्री गोखले और शीला चोपड़ा।

लड़कियों से अशोक का कभी कोई खास संबंध नहीं था। वह अकेली संतान था और संयुक्त परिवार में न रहने के कारण अपनी उम्र की लड़कियों से निकट संपर्क का अवसर भी उसे नहीं मिला था। पड़ोसिनें जरूर थीं—प्रधानपुर में एक चचेरी बहन उसकी माँ से अकसर मिलने आया करती थी। अशोक को बाद में संदेह हुआ कि जब भी वह स्कूल की छुट्टियों में घर आता, उसके दौरों की बारंबारता बढ़ने लगी। लेकिन इस ललना के शरमीले प्रोत्साहन के बावजूद अशोक उसे छूने का साहस भी कभी जुटा नहीं पाया। स्कूल में एक खूबसूरत सी नर्स सुश्री डिसूजा थी, जिसपर सभी लड़के लट्टू थे। कॉलेज में भी अशोक ने लड़कियों से अपनी दूरी बनाए रखी थी, यद्यपि लड़कियों को उसका व्यक्तित्व

आकर्षक लगा। अशोक लंबे कद और दुबली-छरहरी काठी का था। उसकी काली आँखों में एक स्वाभाविक चमक वास करती और उसके केश घने थे, जो अपने बीच कंघी की तीव्र यात्रा अधिक नहीं सह पाते थे। किंतु अपने छात्र जीवन में अशोक ने सावधानी और सफलतापूर्वक किसी भी प्रकार के भावनात्मक उलझनों से स्वयं को पृथक् ही रखा।

भारत में तो अशोक ने एकाकीपन को स्वयं अंगीकार किया था, किंतु लंदन में वही उसके लिए शनैः शनैः असह्य बन चला। एक दोपहर की बात थी, शीला उससे मिलने आई। अशोक को उदास देख वह सहज पूछ बैठी, 'आज आप बहुत उदास लग रहे हैं, सिंह साहब। क्या बात है?'

शीला ने कुछ चुलबुले अंदाज में अशोक से सवाल किया था और उसकी भूरी आँखों में मोहक अल्हड़पन था। अशोक मोहित हुए बिना न रह सका। शीला अत्यंत सुंदर थी। उसके अंडाकार मुख का विन्यास एक उत्कृष्ट कृति थी। उसके घने, लंबे और काले केश जलप्रपात की भाँति उसके कंधों पर विराजमान और प्रवाहित रहते। शीला सुडौल कद-काठी की थी, लेकिन उसकी आँखों की दिव्य और ऊर्जस्वी चमक ने उसे वह विशिष्टता प्रदान की, जो एक सुंदर महिला को मात्र आकर्षक से पृथक् करती है।

शीला और अशोक लंदन में एक-दूसरे से कब अधिकाधिक मिलने लगे, इसका उन्हें स्वयं आभास नहीं था। न केवल मिलना, बल्कि उन्हें यह भी पता चला कि उनकी कई अन्य रुचियाँ समान थीं। जैसे—शॉपिंग, पिकनिक, सिनेमा, थिएटर और पढ़ाई की कक्षाएँ। लंदन में उनके छात्र जीवन के पहले ही सत्र की समाप्ति से दोनों को यह स्पष्ट आभास होने लगा था कि वे एक-दूसरे से गहन रूप से प्रेम करने लगे थे। भारतीय सभ्यता और मूल्यों की मर्यादा के अदृश्य संकुल में दोनों बँधे थे। अतः अशोक ने शायद ही कभी शीला को स्पर्श किया होगा। स्पर्श यदि कभी होता तो बहुत परोक्ष रीति से; शीला को कोट पहनने में मदद करते समय या सिनेमा अथवा थिएटर में अनायास जब उनके हाथ एक-दूसरे के निकट होते। ऐसे क्षणों का रोमांच अशोक की धमनियों को उत्तेजना से पुलकित कर देता और रात को अपने बिस्तर पर लेटे हुए शीला के उस रेशमी

स्पर्श की स्मृतियों के अवर्णनीय आनंद में काफी देर तक खोया रहता। आनंद और यंत्रणा की यह विचित्र बुनावट उसे एक साथ आह्लादित और दग्ध करती रहती। ऐसे ही जब अनगिनत दिन, सप्ताह और महीने बीते तब अशोक ने अपने आप से प्रण किया कि शीला के अलावा वह किसी से शादी नहीं करेगा। लंदन स्कूल ऑफ इकोनॉमिक्स में उनकी अंतिम परीक्षा से पहले उसने शीला से इस विषय पर बात करने का निश्चय किया।

एक शाम वे दोनों थिएटर गए। नाट्य था 'माइ फेयर लेडी', जो जॉर्ज बर्नार्ड शॉ की विख्यात कृति 'पिग्मैलियन' की संगीतमय रूपांतरित प्रस्तुति थी। 'माइ फेयर लेडी' इतनी जबरदस्त हिट थी कि महीनों तक इस संगीतमय नाट्य के लिए टिकटें मिलना असंभव था। बड़ी कठिनाई से, अपने एक सहपाठी के सहयोग से, जिसका मंचवालों से अच्छा संपर्क था, अशोक ने किसी तरह दो टिकटों का जुगाड़ किया। उसे यह नाट्य, उसके अद्भुत रूप से सजा मंच और प्रफुल्लकारी संगीत बहुत पसंद आया, लेकिन न जाने उस शाम शीला क्यों अजीब ढंग से शांत थी। नाटक खत्म होने के बाद दोनों अँधेरी और अवसादजनक सड़कों से होते हुए अपने छात्रावास लौट रहे थे। अचानक एक क्षणिक आवेग के वशीभूत हो अशोक ने शीला को अपनी बाँहों में भर, उसके चेहरे को अपने निकट ला, उसके होंठों पर नरम चुंबन अंकित किया। शीला के देह की कोमलता अशोक को अवर्णनीय अहसास से आपूरित करती रही। कुछ देर तक शीला अशोक के प्रगाढ़ आलिंगन में अपने आप को समर्पित कर चुकी थी, लेकिन अकस्मात् वह पीछे हटकर खड़ी हो गई। उसकी आँखें आँसुओं से तर थीं।

'नहीं अशोक, नहीं', शीला ने मंद, लगभग अश्राव्य स्वर में बुदबुदाया। 'हम ऐसा नहीं कर सकते, हमें ऐसा नहीं करना चाहिए।'

'क्यों?' अशोक ने पूछा। 'हम एक-दूसरे से प्यार क्यों नहीं कर सकते?'

'हम दोनों ही शादीशुदा नहीं हैं।'

मैं कल ही अपनी माँ को चिट्ठी लिखकर कहूँगा मुझे वह लड़की मिल गई है, जो मेरी पत्नी बनेगी।'

अशोक के अचंभे का कोई ठिकाना न रहा जब उसके यह कहने पर शीला

फफककर रो पड़ी। उसका सुकोमल मस्तक अशोक के कंधों पर टिका रहा और उसका शरीर काफी देर तक सिसकियों से थरथराता रहा। कुछ सँभलने के बाद वह बोली, 'अशोक, यह हमारे भाग्य में नहीं है। मेरे पिताजी रूढ़िवादी विचारों वाले हैं और मुझे अपने समुदाय से बाहर कभी शादी नहीं करने देंगे। आज ही सुबह उनकी चिट्ठी आई है, जिसमें लिखा है कि अगली सर्दियों में मेरी शादी तय हो चुकी है। मुझे अब तुरंत लौटना होगा।'

अशोक यह सुनकर भौचक्का रह गया। उसका मन-मस्तिष्क इस सामाजिक व्यवस्था के प्रति जुगुप्सापूर्ण विद्रोह से भर उठा, जिसमें एक लड़की का भविष्य उसके माता-पिता उसकी राय और इच्छा का तनिक भी विचार किए बिना निर्धारित करने का अधिकार रखते हैं।

'नहीं', वह चीख पड़ा, 'ऐसा कभी नहीं हो सकता। हम अब एक आजाद देश में रह रहे हैं और लड़कियों की स्वतंत्रता की रक्षा को यहाँ कानून की पुष्टि और संरक्षण प्राप्त है। यह मध्यकालीन दकियानूसीपन अब मर चुका है। अपने पिता को चिट्ठी लिखकर कहो कि तुम घर वापस नहीं आओगी, बल्कि यहाँ लंदन में मुझसे शादी कर मेरी पत्नी बनकर लौटोगी।'

'नहीं, अशोक', शीला ने सिसकियों में ही उससे कहा। 'कोई फायदा नहीं, अब कुछ नहीं हो सकता। मैं बहुत ही छोटी थी, जब मेरी माँ गुजर गई और तबसे मेरे पिताजी की सारी उम्मीदें मुझ पर ही टिकी हैं। उन्होंने दोबारा शादी भी नहीं की, क्योंकि उन्हें इस बात का डर था कि एक सौतेली माँ मेरे साथ दुर्व्यवहार करती। वह बहुत बीमार हैं और सिर्फ मेरी शादी करवाने के लिए जीवित हैं। अब जब उन्होंने मेरे जीवन साथी का चयन कर ही दिया है—ठीक ही किया होगा, मैं समझती हूँ—मुझे उनकी बात माननी पड़ेगी। मैं तुमसे बहुत प्यार करती हूँ, लेकिन वह नहीं कर सकती, जो तुम चाहते हो।'

किस्सा वहीं खत्म हुआ। उसके पाँच दिन बाद शीला भारत के लिए रवाना हुई, हमेशा के लिए। अशोक उसे विदा करने लंदन के हवाई अड्डे तक आया था। विमान में चढ़ने से पहले वे एक बार पुनः आलिंगन में आबद्ध हुए। दोनों ही अपने आँसुओं को रोकने के लिए संघर्ष कर रहे थे। अशोक ने उस पर एक

स्निग्ध चुंबन अंकित करते हुए कहा, 'मैं तुम्हें हमेशा प्यार करूँगा शीला, सिर्फ तुम्हें और किसी को नहीं।'

शीला ने अश्रुपूरित नेत्रों से उसे निहारते हुए कहा, 'मुझे भूल जाओ, अशोक। और कई लड़कियाँ होंगी।'

'होंगी जरूर, लेकिन ऐसी कोई नहीं होगी, जिसे मैं प्यार कर पाऊँगा।'

शीला किसी तरह अपने आपको अशोक के आलिंगन से पृथक् कर विमान की ओर दौड़ चली। यह उसकी अंतिम झलक थी। वह हल्के मूंगे रंग की जॉर्जट साड़ी में वेष्टित थी। लंदन की तेज हवा में साड़ी उसके सुडौल शरीर का आकार ले रही थी, जिस पर उसके कंधों तक गिरते हुए केश से बनी भंगिमा मनोहारी थी। विमान की सीढ़ी के ऊपर तक चढ़कर शीला एक क्षण रुकी, फिर मुड़कर उसने अशोक को देखकर अपना हाथ लहराया। अशोक ने भी अपना हाथ लहराते हुए उसे विदा किया।

विमान एक हल्के, लगभग महसूस न होनेवाले झटके से भूमि पर उतरा और कुछ देर बाद रुक गया। वे अब कश्मीर में थे—वे तीनों।

□

अध्याय 3

श्रीनगर के हवाई अड्डे पर वे तीनों उतरे, किंतु अशोक वहाँ से यथाशीघ्र निकल जाना चाहता था। लेकिन वह बस में बैठा ही था कि उसके कानों में वह चिर-परिचित आवाज सुनाई पड़ी, जो अब वयस्कता प्राप्त कर चुकी थी। यह रमेश की आवाज थी।

"अशोक, कहाँ चल दिए भाई? मेरे पास गाड़ी है और मैं तुम्हें जहाँ चाहो छोड़ दूँगा।"

अशोक मुड़कर वहाँ जा पहुँचा, जहाँ रमेश और शीला एक छोटी हिंदुस्तानी मॉडल की मोटरगाड़ी के पास खड़े थे।

"अपना सूटकेस मुझे दो।" रमेश ने कहा। उसने अशोक का सूटकेस उठाकर गाड़ी के सामान वाले हिस्से में रख दिया। स्कूल के दिनों की ही भाँति अशोक रमेश की शारीरिक शक्ति की मौन सराहना किए बिना न रह सका।

"अब यह बताओ कि कहाँ जाना चाहते हो?" रमेश ने पूछा।

"मेरी बुकिंग पैलेस होटल में हुई है।" अशोक ने कहा।

अपने बैग के अंदर की चीजों को देख रही शीला अचानक कुछ ठिठकी।

"पैलेस होटल!" रमेश ने विस्मय में जोर से कहा, "अरे, हम लोग भी तो वहीं रुकेंगे। चलो भई, गाड़ी में बैठो। अरे आगे नहीं, पीछे, शीला के साथ। मैं आगे ड्राइवर के साथ बैठकर देखूँगा कि वह सही ढंग से गियर लगा रहा है कि नहीं।"

अशोक ने ना-नुकुर करनी चाही, लेकिन उसका विरोध कारगर न हो सका।

"सुनो, दो संगति होती है, लेकिन तीसरे से भीड़ बनती है। तुम दोनों अपने हनीमून पर आए हो और मैं कबाब में हड्डी नहीं बनना चाहता हूँ।" उसने कहा।

"अरे क्या बकवास कर रहे हो।" रमेश ने हँसते हुए कहा। "इस ड्राइवर के साथ हम तीन तो हो ही गए और वैसे भी…", रमेश कहे जा रहा था, "हनीमून की शुरुआत तब तक नहीं होती है, जब तक कि हम दुल्हन के कमरे तक नहीं पहुँचते।" अंतिम वाक्य उसने शीला को इशारा कर कहा, जिसके चेहरे की आभा इस समय लज्जा के मारे गुलाबी हो चली थी।

अशोक अब एक तरह से फँस चुका था। शीला मोटरगाड़ी के पिछले हिस्से में जा बैठी और अशोक को उसी के साथ बैठना पड़ा। उसने अपने और शीला के बीच अपना ब्रीफकेस रख दिया और स्वयं शीला से हटकर दरवाजे के यथासंभव निकट जा बैठा। एक हल्के झटके से वाहन चल पड़ा और वे सभी हवाई अड्डे से बाहर निकल शहर का रास्ता पकड़ चुके थे।

रमेश का उत्साह तो जैसे छलक पड़ने को आकुल था। "मुझे विश्वास नहीं हो रहा अशोक कि इतने सालों के बाद हम फिर एक साथ हैं। तुम ज्यादा नहीं बदले हो—वही शरमीले, दुबले, सुंदर और बौद्धिक किस्म के व्यक्ति।"

अशोक हँस पड़ा, "और तुम भी काफी कुछ वैसे ही हो, रमेश। बस कुछ लंबे और कुछ ज्यादा मोटे हो गए हो।"

"कुछ लंबा? अरे भई, मैं अब छह फीट से ज्यादा लंबा हूँ।"

उनकी मोटरगाड़ी इस समय एक छोटे टीले से गुजर रही थी, जिस पर अधिक घास नहीं थी। भूमि दिखने में बड़ी सूखी लग रही थी।

"काफी सूखा नहीं लग रहा?" अशोक ने पूछा। "कहाँ 'मोतियों की माला में जड़ा हीरा' और वह सारा वर्णन।"

"होटल पहुँचने तक तो रुको।" रमेश ने कहा, "वहाँ तो बिल्कुल जन्नत जैसा नजारा है—खासकर हनीमून के दौरान।" फिर शीला की ओर मुड़कर रमेश ने अचानक कहा, "क्या बात है मेरी जान? विमान से उतरने के बाद तुमने एक शब्द नहीं कहा। तुम ठीक तो हो?"

झेंपते हुए शीला ने हौले से हँस दिया। "मैं ठीक हूँ। बस यही सोच रही थी कि रजवाड़ों के शासन समाप्त किए जाने के सबसे बड़े फायदों में एक यह है कि अब हम उनके राजमहलों में रह सकते हैं।"

"हाँ, भले ही ऐसा करने के लिए हमें पानी की तरह पैसा खर्च करना पड़ रहा है।" वे सभी हँस पड़े।

मोटरगाड़ी इस समय श्रीनगर शहर के बाहर पहुँच रही थी। सड़क दोनों ओर चिनार के विशाल पेड़ ताजे हरे पत्तों से लदे हुए खड़े दिखाई पड़े। हल्के नीले आभायुक्त आकाश पर चिनारों के पर्णसमूह की हरियाली साफ उकेरी हुई थी। श्रीनगर का प्रथम दर्शन कुछ विशेष प्रभावी नहीं था, लेकिन शीघ्र ही उनका वाहन शहर के एक नवनिर्मित इलाके की ओर बढ़ चला, जहाँ सड़क भीतर की ओर मुड़ी हुई थी।

"यह है झेलम नदी।" रमेश ने कहा। अब तक 'हूँ' और 'हाँ' तक अपनी बातचीत सीमित रखनेवाला वाहन चालक मानो जीवंत हो उठा।

"यह है हमारी मशहूर नदी, साहब।" उसने कहा। "श्रीनगर को सात पुलों का शहर कहा जाता है, लेकिन दो और नए पुल बनाए गए हैं, जिनमें से एक पर हम इस वक्त सफर कर रहे हैं।"

"इस पुल का क्या नाम है?" शीला ने पूछा।

"बादशाह पुल, मेमसाहब; कश्मीर पर कई साल पहले हुकूमत करनेवाले बादशाह के नाम पर इसका नाम पड़ा है।"

पुल पर से चलते हुए अशोक ने कार की खिड़की से झाँकते हुए नदी के तट से उठती एक विशाल सफेद रंग की इमारत देखी।

"क्या महल यही है?" उसने पूछा।

"वह पुराना महल है।" रमेश ने कहा। "अब उसका उपयोग कार्यालयों के रूप में किया जाता है।"

"सैकरेट्रिएट के तौर पर।" कार के चालक ने बताया।

"अरे भई, इतनी अंग्रेजी कहाँ से सीखी।" अशोक ने हँसते हुए पूछा। "आप काफी ठीक-ठाक बोल लेते हैं।"

"दस साल तक मैं ब्रिटिश रेजिडेंट के यहाँ नौकरी पर था। फिर 1947 में मैंने एकट्रैवल एजेंसी में नौकरी की। मुझे अपना परिचय देने दीजिए—मैं हूँ फतहकडल का अहमद शेख।"

"बाप रे।" शीला ने हँसते हुए कहा, "यह तो बर्मा के माउंटबेटन जैसा शानदार लगता है। फतहकडल क्या या कहाँ है?"

"कडल पुल को कहते हैं, मेमसाहब। फतहकडल पुराने सात पुलों में तीसरा है, जहाँ मेरा घर भी है। आप किसी दिन वहाँ खाना खाने आइएगा।"

उनकी मोटरगाड़ी अब शहर के एक भीड़भाड़ भरे शॉपिंग इलाके में प्रविष्ट हो चुकी थी। बाजार के बीच कई ताँगे खड़े थे, जिनमें बैठे सवार कुछ असहज लग रहे थे। यात्रियों से लदी दो-तीन बसों ने जोर से 'पों-पों' की आवाज की। पैदल यात्री इधर-उधर बड़ी तेजी से जा रहे थे।

"दफ्तर का समय है, इसलिए काफी भीड़ है, नहीं?" रमेश ने यूँ ही पूछा।

ड्राइवर अहमद ने भी अपनी गाड़ी का बिगुल काफी जोर से बजाते हुए कहा, "अब मैं आप लोगों को अपना टिकटैक दिखाता हूँ।"

"तुम्हारा मतलब?" रमेश ने पूछा।

शीला ने कहा, "उसका मतलब शायद टैकटिक्स (तरकीब) है।"

"जी मेमसाब।" अहमद अपनी रौ में कहे जा रहा था। "मैं अव्वल दरजे का ड्राइवर हूँ और अव्वल दरजे के टिकटैक का इस्तेमाल करता हूँ।" अहमद ने गाड़ी की गति काफी धीमी कर दी और भीड़ में से एक व्यक्ति के गाड़ी के बंपर के बिल्कुल पास आने तक इंतजार किया। फिर उसने कार की गति को कुछ हल्के से बढ़ाया। जिससे वह शख्स आगे दो-एक गज धक्का खाते हुए चल पड़ा। उसने जोर से चिल्लाकर अहमद की ओर ताने हुए घूँसे की मुद्रा बनाई, लेकिन भीड़ तो तितर-बितर हो गई। अहमद ने कार के एक्सीलेटर पर अपना पाँव दबाया और गाड़ी फर्र से आगे बढ़ चली।

अशोक कुछ कहने ही वाला था, लेकिन इतने में कार तेजी से दाहिने की ओर मुड़ी। उसने खिड़की के बाहर झाँका तो उसकी दृष्टि अटक गई। उसके

सामने एक पर्वत विद्यमान था, जिसके शिखर पर एक पाषाण मंदिर विराजमान था। वह पर्वत अपनी एकाकी अवस्था में भी भव्यता प्रकट कर रहा था। एक क्षण के लिए अशोक विमूढ़ हो उस मंदिर को देखता रहा। अचानक उसे अपने मस्तिष्क में प्रकाश का एक पुंज तीव्रता से भेदता हुआ और अपनी देह में एक विचित्र आनंद की अनुभूति प्रतीत हुई। यह अनुभूति केवल कुछ क्षणों तक टिकी रही, लेकिन इतनी विलक्षण थी कि अशोक के मुँह से अकस्मात् एक उच्छ्‌वास फूट पड़ा, जिसे उसने किसी तरह खाँसकर ढक लिया। एक क्षण के लिए अशोक इतना स्तंभित था कि कुछ बोल न पाया। फिर उसने खिड़की के बाहर सहज ढंग से देखते हुए बाहर के दृश्य का आनंद लेने का अभिनय किया।

मोटरगाड़ी अब उस पर्वत का चक्कर काट रही थी और एक जलराशि के समानांतर चल रही थी। उस जलराशि की रचना नदी जैसी थी, लेकिन इतनी स्थिर थी कि वह झील सी लग रही थी। अपने स्वर को यथासंभव स्थिर और सामान्य रखते हुए अशोक ने पूछा, ''अहमद, मंदिर के साथ यह पहाड़ कौन सा है?''

''जनाब कश्मीर की इस मशहूर निशानी को नहीं जानते हैं?'' अहमद ने कुछ आश्चर्य से पूछा। ''यह है शिव का पर्वत शिवगिरि।''

उनकी गाड़ी अब झील के इर्द-गिर्द घूमते हुए एक बड़े मार्ग से होती हुई आगे बढ़ रही थी। मार्ग झील के किनारे होता चल रहा था। शिवगिरि आकाश में बड़ी शालीनता से उठ रहा था। उसका ढलान आरंभ में सौम्य था और छोटे पेड़ और विविधतायुक्त हरियाली उसे ढके हुए थी। पर्वत के आधे भाग के पश्चात् वह अचानक अधिक ऊँचा उठने लगा और देवदार वृक्षों की भव्य श्रृंखला अपनी सदाबहार शाखाओं के साथ पर्वतराशि से बाहर निकलती हुई देखी जा सकती थी। उससे आगे का पर्वत का हिस्सा तीक्ष्ण पाषाण श्रृंखला वाला और लगभग वनस्पति-शून्य था। पर्वत के शिखर पर मंदिर था।

शिवगिरि के प्रथम दर्शन पर अपनी विचित्र प्रतिक्रिया को लेकर अशोक इतना अभिभूत था कि उसे फिर से शांत होने में कई मिनट लगे। स्वामीजी ने उससे कहा था कि कुछ विशिष्ट स्थानों और प्रत्येक व्यक्ति के बीच एक अगोचर और लोकातीत संबंध होता है, विशेषकर उपासना स्थलों के साथ।

स्वामीजी के शब्द अब अशोक के मन में कौंध गए। यही है वह, उसने सोचा।

अहमद की घोषणा से अशोक का विचारक्रम टूटा—"हम आ गए।"

कार दाहिने मुड़कर एक शानदार सी दिखने वाली सड़क पर दौड़ते हुए मुड़ी और एक आलीशान भवन के सामने रुकी। भवन के इर्द-गिर्द हरे-भरे बगीचे थे और आसपास फव्वारों से पानी का चित्रवत बहना उस महल की सुरम्यता में चार चाँद लगाता प्रतीत हुआ।

"महाराज का महल!" अहमद ने बड़ी शान से कहा, "कश्मीर में यह आपका घर है।"

काले परिधान में एक चिकने से दिखनेवाले युवक ने उन्हें अपने कमरे दिखाए। अशोक को इस बात की राहत थी कि उसके और रमेश के कमरे एक-दूसरे से काफी दूर थे। रमेश और शीला को होटल के उत्तरी स्कंध की पहली मंजिल में एक सुइट मिला था, जहाँ से झील का अत्यंत सुंदर दृश्य नजर आ रहा था। अशोक को होटल के दूसरे सिरे में एकल कमरा मिला था, जहाँ से शिवगिरि पर्वत और उसके ऊपर स्थित मंदिर स्पष्ट दिखाई दे रहा था।

अशोक को होटल की इमारत पसंद आई। पहले तो उसे किसी महाराज के राजमहल में रहने की कल्पना कुछ अच्छी नहीं लगी थी। लगा था कि यह कोई पुराने विक्टोरियन जमाने की इमारत होगी, जिसमें बड़े-बड़े शाही बिस्तर या खाट मिलेंगी। लेकिन यह स्थान उसकी कल्पना से भिन्न, आधुनिक, किंतु सौम्य था। महल की इमारत विशाल थी, लेकिन उसका आकार उसकी कमनीय संरचना में भलीभाँति आत्मसात् हुआ था। मध्य के हिस्से से समकोण पर भवन के दो स्कंध अग्रसर हो रहे थे, जिससे होटल दीर्घ भुजा से रहित एक आयताकार आकृति लग रहा था। संपूर्ण ढाँचा एक बड़े हरे बगीचे में दो छतों के साथ विराज रहा था और होटल से डल झील का मनोहारी दृश्य दिखाई दे रहा था। होटल के पीछे पहाड़ काफी ऊँचा उठा हुआ था। बिल्कुल बाईं ओर शिवगिरि एकाकी रहस्यमयी ढंग से स्थित था। सामने कश्मीर घाटी के उत्तर-पश्चिमी पर्वतों की तलहटी द्वारा निर्मित एक नैसर्गिक अखाड़ावत मैदान था। उसकी अग्रभूमि में, शिवगिरि के बिल्कुल समीप एक और छोटी पहाड़ी थी, जिसके ऊपर कोई किले जैसा ढाँचा बना हुआ था।

अपने कमरे में पहुँच, अशोक ने अपना सूटकेस खोला और अपने कपड़े अलमारी में टाँग दिए। नहा-धोकर वह होटल के बगीचे में आकर सामने के मनोरम दृश्य का आनंद लेने लगा। उसने सोचा, सचमुच यह संसार का सबसे सुंदर स्थल है। हल्की हवा चल रही थी। अशोक को हवा की हल्की कसक बहुत भा गई, जो दिल्ली की धूल और गरमी के ठीक विपरीत थी। यहाँ की हवा स्वच्छ और ताजी थी। अशोक ने धीमी साँसों से अपने फेफड़ों को घाटी की उस ठंडी व ताजी हवा से भरते हुए धीमे उच्छ्वासों से उसे छोड़ा। ऐसा करने में उसे भरपूर आनंद आया। 'अपने श्वास को हमेशा धीमा और नियमित करने का प्रयास करना।' स्वामीजी ने उससे कहा था। अशोक ने इस अभ्यास को अत्यंत उपयोगी पाया, विशेषकर जब उसे किसी गंभीर समस्या का सामना करना पड़ा हो।

और इस समय उसके मन में समस्या तो सर्वोपरि थी। शीला और रमेश से कश्मीर में इस तरह अचानक, अनपेक्षित मुलाकात। इस प्रकार की नाटकीय परिस्थितियों में उन दोनों से पुनः मिलने के सदमे से वह अभी पूरी तरह उभरा भी नहीं था। अब वह यही सोच रहा था कि रमेश को यह बताए या नहीं कि वह शीला को लंदन से जानता था और उससे कभी प्रेम भी करता था। स्कूल के दिनों की उस दुखद घटना के बावजूद वह अपने मित्र से प्रेम करता था और इतने वर्षों बाद रमेश से मिलकर अशोक को उसके प्रति अपनी भावनाओं की गहनता का कुछ अधिक आभास हुआ। साथ ही वह रमेश के भड़कीले और शंकालु स्वभाव को भी भलीभाँति जानता था। उसे इस बात का भय था कि रमेश इस सारे प्रसंग को गलत ढंग से ले बैठेगा। दूसरी ओर यह आशंका भी थी कि यदि उसने अभी कुछ नहीं कहा और रमेश को बाद में पता चला कि वह शीला को पहले से जानता था तो अशोक के मौन का न जाने वह क्या अर्थ निकलेगा। अशोक यह भी नहीं जानता था कि शीला को रमेश से उनके पूर्व परिचय और प्रेम का खुलासा किया जाना अच्छा लगेगा या नहीं। अतः उसने निश्चय किया कि अवसर मिलते ही शीला से इस बारे में चर्चा करेगा।

पीठ पर पड़ने वाले जोर के हाथ ने अशोक को अपनी विचार-सारणी से

बलात् झकझोर दिया। रमेश उसके पीछे से आ खड़ा हुआ था।

"अरे! बहुत हुआ, प्रकृति का अध्ययन आज के लिए। भोजन से पहले एक ड्रिंक हो जाए।"

अशोक, रमेश के साथ बार में दाखिल हुआ। होटल के ब्रोशर में उसे 'स्वेज के पूरब की ओर का सबसे शानदार बार' कहा गया और पहली नजर में कोई भी कहता कि यह कोई अतिश्योक्ति नहीं थी। बार सचमुच गजब का था और उसके असबाब काले और गहरे लाल रंग के थे। एक दीवार तो पूरे आईने से ढकी हुई थी जिसपर डल झील का नयनाभिराम दृश्य प्रतिबिंबित था। रमेश और अशोक दोनों एक-एक स्टूल पर जा बैठे।

"मेरे लिए बियर ले आना।" रमेश ने बार वाले से कहा, "और तुम क्या लोगे?"

"ताजे नीबू का रस!" अशोक ने मुसकराते हुए कहा।

"हुँह।" रमेश ने झूठ-मूठ का असंतोष जताते हुए कहा। "यार तुम अब स्कूल में नहीं हो और शुक्र है, कश्मीर में मद्य-निषेध लागू नहीं है।"

दोनों के पेय मेज पर आ चुके थे। अशोक अपने गिलास के आधे तक भी नहीं पहुँचा था, किंतु रमेश अपना पहला जाम गटक चुका था।

"एक और बियर, बैरा और जल्दी।" रमेश ने आवाज लगाई। "खाने के कमरे में शीला हमारा इंतजार कर रही होगी।"

दूसरा बियर भी आ गया और अपने बड़े से मदिरापात्र के ऊपर भरपूर झाग से लबालब छलक रहा था। रमेश ने उसे भी गटकने में अधिक देर नहीं लगाई, फिर मुड़कर अशोक से बोला, "चलो खाना खाते हैं।" अशोक ने पेयों का बिल चुकाने के लिए अपना बटुआ निकाला तो उसने टोक दिया, "रहने दो, यह मेरे बिल में जोड़ दिया जाएगा। कमरा नंबर छप्पन।"

बैरे ने सिर हिलाया और वे दोनों बगल वाले भोजन कक्ष में दाखिल हुए। कमरा काफी बड़ा था और होटल की अन्य साजसज्जा की ही भाँति उसकी संरचना भी त्रुटिहीन थी। तीस के लगभग मेज सजे हुए थे और प्रत्येक पर साफ लिनेन का कपड़ा बिछा हुआ था, जिस पर चमकीली थालियाँ और चम्मच

आदि रखे हुए थे। कमरे के एक सिरे पर लगभग पच्चीस फीट चौड़ा एक उठा हुआ चबूतरा था, जो डांस करनेवालों के लिए बना था। छत पर कटे हुए काँच से निर्मित एक बड़ा आयताकार झूमर लटक रहा था, जो बिल्कुल आधुनिक और परिष्कृत रचना को दरशा रहा था।

रमेश और अशोक दरवाजे पर रुके और कमरे का निरीक्षण करने लगे। डांस के लिए बने चबूतरे के पास की एक मेज पर शीला पहले ही आकर बैठी हुई थी। उसने दोनों को देखकर मुसकराते हुए अपना हाथ हिलाया।

''वो रही।'' रमेश ने कहा।

मेजों के बीच से गुजरते हुए वे शीला की मेज तक पहुँचे। वैसे मेज केवल दो लोगों के लिए थी, लेकिन रमेश ने पास खड़े वेटर से एक अतिरिक्त कुरसी लाने के लिए कहा। अशोक की आँखें एक क्षण के लिए शीला की आँखों से मिली और उसे लगा कि शीला ने भी उसकी ओर एक अव्यक्त दृष्टि फेंकी।

''कितनी सुंदर जगह है यह।'' शीला ने बातचीत शुरू की। लगा जैसे उसकी सजीवता कुछ लौट आई थी। अशोक को लगा, वह पहले से कहीं अधिक सुंदर लग रही थी। इंग्लैंड में भी वह दिखने में खूबसूरत थी, लेकिन अब उसमें कुछ परिपक्वता आ चुकी थी। अशोक ने सोचा कि तब से लेकर शीला का वजन कुछ बढ़ा था, लेकिन इससे उसके शरीर के आयाम अधिक परिपूर्ण हुए। और उससे नई-नवेली दुल्हन की सुनहरी चमक भी फूट रही थी। उसकी देदीप्यमान आँखें एक स्निग्ध अधिकारात्मकता लिए रमेश पर ही टिकी रहती। रमेश तो अपनी दुल्हन के प्रेम में फिदा था ही। अशोक के हृदय के गहनतम कोटरों से दोनों के सुखी जीवन के लिए मौन शुभकामनाएँ निकलीं।

''अब मुझे तुम दोनों के नाटकीय पुनर्मिलन की कहानी बताओगे भी।'' शीला बोल पड़ी। ''अगर तुम दोनों इतने अच्छे दोस्त थे तो स्कूल छोड़ने के बाद एक बार भी मिले क्यों नहीं?''

अशोक ने साफ देखा, रमेश के चेहरे की हवाइयाँ उड़ने लगी थीं।

''बात यह है कि हमारे रास्ते फिर कभी नहीं मिले। हमने एक-दूसरे को कई चिट्ठियाँ लिखीं, लेकिन किसी कारणवश वे अपने गंतव्य तक पहुँची ही नहीं।''

रमेश ने उस पर कृतज्ञता भरी दृष्टि फेंकी, फिर झट से बातचीत का सिलसिला पलटते हुए कहा, ''खैर, वह सब अब बीत चुका है। जानेमन, अब मैंने अशोक को फिर से पा लिया है और सच मानो, मैं अब उसे फिर से खो जाने नहीं दूँगा।''

भोजन का वह कमरा अब पूरी तरह भर चुका था। एक चार-सदस्यीय ऑर्केस्ट्रा बड़ी मस्ती में पॉप धुन बजा रहा था। लंबे कद का एक साँवला आदमी पियानो पर अपनी उँगलियाँ थिरका रहा था। एक गोलमटोल सा ड्रम बजानेवाला अपने ड्रमों के पीछे जलव्याघ्र (सील) सी शानदार अदा लिए हुए था और उतनी ही ऊर्जा से अपने वाद्य पर चोट किए जा रहा था। वायलिनवादक के चेहरे पर निरंतर मुसकान लहरा रही थी, लेकिन उसके हाथों की अपेक्षा उसका शरीर हरकत अधिक कर रहा था। इस संगीत महफिल में चौथा व्यक्ति था गायक, जो काले लहराते केशों वाला एक युवक था। वह बड़े तल्ख अंदाज में माइक्रोफोन को थामे हुए था, जैसे यंत्र को कसकर पीड़ा देने में उसे मजा आ रहा हो, हालाँकि नवीनतम हिट गाने गाते हुए उसकी आवाज सुनने में बुरी नहीं थी। गायक का लहजा साफ बता रहा था कि वह गोवा से था।

अशोक ने पूछा, ''क्या तुम गोवा मुक्ति अभियान का हिस्सा थे, रमेश?''

''और नहीं तो क्या?'' रमेश ने हँसते हुए बखान किया। ''बल्कि मैं तो पंजिम को मुक्त करनेवाले एक अग्रिम मोरचे के साथ था।'' रमेश ने अपना बखान जारी रखते हुए कहा, ''कहना पड़ेगा कि पुर्तगालियों से मुठभेड़ तो हमारे लिए सुखद आश्चर्य रहा। हम उनकी ओर से कठिन मुकाबले की उम्मीद लगाए हुए थे लेकिन वे तो ताश के महल की तरह बिखर गए।'' फिर कुछ मायूसी के साथ उसने जोड़ा, ''हाँ, चीन के विरुद्ध मामला उल्टा निकला। लेकिन खाना खाते समय तुम्हें गोवा का अचानक खयाल कैसे आया?''

अशोक मुसकरा पड़ा, ''इस गोअन ऑर्केस्ट्रा की वजह से।''

''उफ, तुम और तुम्हारी मनोवैज्ञानिक प्रेरणा।'' रमेश जोर से हँस पड़ा। शीला की ओर मुड़ते हुए उसने कहा, ''जानेमन, स्कूल में भी अशोक बिल्कुल ऐसा ही था। किसी जोश और तनाव-भरे फुटबाल मैच के ठीक बीच यह पहाड़ी वनस्पतियों या ऐसी ही बे-सिरपैर की बातें लेकर बैठ जाता।''

इसी बीच तीनों अपने खाने का भी लुत्फ ले रहे थे, जो सचमुच बढ़िया बना था। पहले सूप आया, फिर कश्मीरी मछली का स्वादिष्ट व्यंजन और उसके बाद चिकन पुलाव के साथ एक स्थानीय तरकारी पेश हुई। उधर ऑर्केस्ट्रा के बंदे भी दस मिनटों के अंतराल के बाद दुगुने उत्साह के साथ माइक पर टूट पड़े थे। उन्होंने एक ऐसी धुन बजानी शुरू की, जिसने अशोक के मन में किसी अज्ञात तंतु को स्पंदित किया। वह धुन को याद करने की कोशिश कर ही रहा था कि अचानक रमेश बोल पड़ा, ''जानेमन, ये लोग 'माय फेयर लेडी' की अपनी पसंदीदा धुन बजा रहे हैं।''

अशोक के मुँह में दबा हुआ चिकन कंठ के नीचे गलत राह से खिसक गया। उसे जोर से खाँसकर पानी का एक गिलास गले के नीचे उतारना पड़ा। अशोक ने यह भी देखा कि शीला के चेहरे का रंग कुछ देर के लिए उड़ गया था, लेकिन बाहर से वह शांत थी।

रमेश के जवाब में शीला ने सिर्फ ''हाँ, प्रिय।'' कहा।

''तुमने लंदन में यह नाटक तो देखा होगा, क्यों?'' रमेश ने आगे कहा। फिर उसने अशोक से पूछा ''तुम लंदन में कब थे?''

''उन्नीस सौ उनसठ से इकसठ के बीच।''

''तुमने यह मशहूर संगीत-नाट्य देखा?'' रमेश ने आगे सवाल किया। ''मैं तो उसके संगीत का दीवाना हूँ। शीला के पास उसका सबसे लंबा चलनेवाला रिकॉर्ड है।''

''दरअसल, मैंने वह नाटक देखा था।'' अशोक ने उत्तर दिया, ''और मुझे उसमें बहुत आनंद भी आया था।''

''जानेमन, तुम भी उसी समय लंदन में थीं न?''

''हाँ, लेकिन मैं तो उनसठ के अंत में ही भारत वापस आ चुकी थी।''

''हाँ-हाँ, भई, मुझे मालूम नहीं है क्या!'' रमेश ने कहा। ''हमें तभी शादी कर लेनी चाहिए थी, लेकिन क्या करें सेना के इन कमबख्त नियमों का। जानेमन मुझे तुम्हारी दाद देनी पड़ेगी कि मुझसे शादी करने के लिए तुमने इतना इंतजार किया।''

''इंतजार था भी इस लायक, मुझे पूरा यकीन है।'' अशोक ने कहा और इसपर शीला लज्जावश गहरी गुलाबी आभा से नहा उठी। ''माफ करना, मैंने तुम्हारी पत्नी को असमंजस में डाल दिया।''

''क्या बकवास कर रहे हो।'' रमेश ने कहा। ''और हाँ, उसे 'तुम्हारी पत्नी' कहना बंद करो। जैसे तुम कोई बड़े वकील हो। उसका इतना बढ़िया नाम है— शीला। उसी का इस्तेमाल करो।''

उनके दोपहर के भोजन का अंत बिल्कुल फीके ढंग से हुआ, एक साधारण से फ्रूट-सैलेड के साथ। बैरे ने उनसे कॉफी के लिए पूछा तो रमेश और शीला ने मना कर दिया।

''ऐसा है।'' अशोक ने उन दोनों से कहा, ''मैं यहाँ कुछ देर रुककर कॉफी का मजा लूँगा। आप दोनों हनीमून वाले अपने वैवाहिक कक्ष में आराम करो।'' अशोक ने रमेश की ओर एक सौम्य संकेत दे डाला। बदले में रमेश ने हँसते हुए उसे पसलियों में गुदगुदाया।

''सही खयाल है प्यारे।'' रमेश ने कहा। ''वैसे शाम को तुम क्या कर रहे हो?''

'कालः क्रीडति, गच्छति आयुः!' अशोक ने मुसकराते हुए कहा।

''अरे बस करो, तुम और तुम्हारी यह संस्कृत। क्या मतलब है इसका?''

''रहने भी दो।'' अशोक ने जवाब में कहा। ''वैवाहिक कक्ष तुम्हारी प्रतीक्षा कर रहा है।''

□

अध्याय 4

प्रातः उठते ही अशोक ने शिवगिरि के आरोहण का संकल्प किया। पर्वत के प्रथम दर्शन ने ही उसके मानस पर उत्तेजनायुक्त आकस्मिकता का प्रभाव अंकित कर दिया था। रात्रि में शिवगिरि को देखना एक भिन्न अनुभव था। निशा में पर्वत को कुशलतापूर्वक प्रकाशमान किया गया था और तारों भरे निर्मल आकाश में एक रहस्यमयी पारभासकता से प्रदीप्त था।

होटल में की गई पूछताछ से अशोक को पता लगा कि मंदिर हमेशा खुला रहता था और पर्वत के आधार से आधे घंटे की कठिन चढ़ाई के बाद वहाँ पहुँचा जा सकता था। अशोक ने प्रातः निकलने का निश्चय किया और रात में जल्दी भोजन समाप्त कर सो गया। उसने सुबह पाँच बजे का अलार्म लगाया और स्नान से निवृत्त हो अपनी प्रातः की उपासना पूरी कर छह बजे होटल से निकल पड़ा। चलने से पहले अशोक ने कुछ खाया-पिया नहीं। नाश्ता देर से किया जाएगा, उसने सोचा।

टैक्सी ने उसे पर्वत के दूसरे सिरे तक ले जाकर एक फाटक के पास छोड़ा। फाटक पर 'आनंद आश्रम' लिखा था।

ड्राइवर ने कहा, ''आपको यहाँ से पैदल ही चलना पड़ेगा, साहब। मैं आपका यहीं इंतजार करूँ?''

''अरे नहीं, चिंता न करो।'' अशोक ने कहा। ''मुझे दूसरी टैक्सी मिल जाएगी। वैसे यह बताओ, इस आश्रम के बारे में क्या जानते हो?''

''आश्रम का पुजारी काफी विद्वान् है, साहब।'' ड्राइवर ने कहा, ''दूसरों की तरह लालची, ढोंगी और बेवकूफ नहीं। उन्होंने ही यह आश्रम बनाया है और

अपने दो-एक शिष्यों के साथ रहते हैं। लोग उन्हें आनंद महाराज के नाम से जानते हैं।''

अशोक ने टैक्सी का किराया चुकाया और टैक्सी उसे वहीं छोड़कर निकल गई। अब उसने आश्रम का फाटक खोला। एक बड़े से सूचना पट पर बाण की निशानी बनी हुई थी, जो मंदिर जाने के मार्ग का संकेत था। एक और पगडंडी आश्रम की ओर ले जानेवाली थी। एक क्षणिक आवेग ने अशोक को मंदिर से पहले आश्रम जाने के लिए प्रेरित किया।

चारों ओर नीरवता का वातावरण था। मुख्य निवास एक शालीन, किंतु आडंबरहीन लकड़ी का भवन था, जिसपर सामान्य कश्मीरी छत का आवरण था। उसके इर्द-गिर्द दो छोटी कुटिया थीं, जो स्पष्टतः शिष्यों द्वारा उपयोग की जा रही थीं। आश्रम का परिसर स्वच्छ था। पूरी तरह कूड़ा रहित और निर्मल। परिसर में पीले फूलों के गुच्छ छोटे कालीनों जैसे स्थापित थे और धूप की सुगंध सर्वत्र व्याप्त थी।

परिसर के मध्य में पहुँच अशोक कुछ देर ठिठका। वह यह समझ नहीं पा रहा था कि दरवाजे पर खटखटाएँ या किसी को बुलाए। इतने में एक कुटिया का द्वार खुला और एक युवा संन्यासी बाहर आया। वह गेरुए परिधान में वेष्टित था और उसके काले व लंबे केश उसकी गरदन के पिछले हिस्से को छू रहे थे। उसकी आयु बीस वर्ष से अधिक की नहीं रही होगी, किंतु उसके मुखमंडल पर असाधारण आत्मसंयम प्रकट हो रहा था। युवा संन्यासी के एक हाथ में मणियों की माला थी और दूसरे में जल ले जाने के लिए काष्ठ का बना एक पात्र। उसकी आँखें अग्निवत तेजस्वी थीं।

युवा साधु को देखते ही अशोक ने अभिवादन में अपने हाथ जोड़े। युवा साधु ने अपना दक्षिण हस्त आशीर्वाद की मुद्रा में इतने सहज और यत्नरहित तरीके से उठाया कि अशोक उसके संतुलन पर रीझ गया।

''क्या मैं महाराज से मिल सकता हूँ?'' अशोक ने हिंदी में पूछा।

''महाराज एक घंटे पहले ही मंदिर के लिए निकल गए हैं । वे सूर्योदय का दर्शन वहीं करते हैं।'' साधु ने कहा। उसका स्वर ग्रीष्म में बहनेवाली नदी की भाँति तरल और स्पष्ट था।

"अच्छा।" अशोक ने कहा। "खेद है आपको कष्ट दिया।"

"नहीं, बिल्कुल नहीं।" साधु ने कहा। "इतनी सुबह यहाँ अधिक लोग नहीं आते। आप यहाँ नए आए हैं?"

"हाँ, कुछ ही दिनों का प्रवास है।" कुछ देर रुककर अशोक ने प्रश्न किया, "आप यहाँ कितने समय से हैं?"

"एक संन्यासी के लिए समय का कोई अर्थ नहीं होना चाहिए।" साधु ने मुसकराते हुए कहा। उसकी मुसकराहट से चमकती हुई शुभ्र दंतपंक्ति दिखाई पड़ी।

"हाँ, वह तो है।" अशोक ने उत्तर दिया और आगे कहा, "अब मुझे पर्वत की ओर चल देना चाहिए।"

"खाली हाथ?"

अशोक को अटपटा लगा। शिवजी के देवालय के लिए पारंपरिक चढ़ावे पानी और फूल को वह भला कैसे भूल गया था?

अशोक की उलझन को देख युवा साधु ने कहा, "लीजिए, यह जल ले जाकर शिवलिंग पर चढ़ाइए और यह रहे कुछ फूल ईश्वर को अर्पित करने के लिए। वैसे हम अपने आश्रम के फूल किसी को तोड़ने नहीं देते, लेकिन आपके साथ कुछ और बात है।"

उस तरुण संन्यासी ने एक फुलवारी के पास घुटनों के बल बैठकर आधे दर्जन गेंदे के फूल चुने।

"शीघ्र जाइए। महाराज आपकी प्रतीक्षा कर रहे हैं।" उसने कहा और फिर मुड़कर अपनी कुटिया में पुनः प्रविष्ट हो गया। कुटी का द्वार हल्की आहट से बंद हुआ।

अशोक ने उस जाती हुई मूर्ति को बड़े अचंभे से देखा और कुछ देर विचारमग्न रहा। भला महाराज उसकी प्रतीक्षा कैसे और क्यों कर रहे थे? कल ही की रात को तो उसने शिवगिरि के आरोहण का निश्चय किया था और किसी को उसके इस कार्यक्रम के बारे में पता नहीं था। रमेश और शीला से उसने यूँ ही कहा था कि शायद वह पहाड़ चढ़े, लेकिन यह कल्पनातीत था कि वे दोनों

किसी तरह महाराज को अशोक के आगमन की पूर्वसूचना देते। अशोक ने उस युवा साधु के पीछे जाना चाहा, लेकिन उसके एकांत को भंग करने का विचार त्याग दिया।

रहस्य से अभिभूतावस्था में ही अशोक ने एक हाथ में जलपात्र और दूसरे में फूलों को रख, पर्वत पर चढ़ना आरंभ किया। उसके आगे लगभग दो फुट चौड़ी एक पगडंडी थी, जिसका उसने अनुसरण किया। उसने बादामी रंग की कॉर्डरॉय पतलून और भूरे व बादामी चैक की कमीज के साथ गले में एक हल्का मफलर भी ओढ़ रखा था। पहाड़ की सुबह की हवा कुरकुरी और स्फूर्तिदायक थी और अशोक एक आतुर प्राणी की भाँति उसे जी भरकर अपने फेफड़ों में भरता रहा। दिल्ली की दमघोंटू गरमी के बाद यहाँ की हवा उसे एक तीव्र परिवर्तन प्रतीत हो रही थी। स्वास्थ्य और आनंद की ऐसी बढ़ी-चढ़ी अवस्थाओं में अशोक का कृतज्ञ और प्रीतिमय ध्यान भगवान् शिव की ओर मुड़ गया।

एक ही दिव्य परमसत्य के विविध स्वरूपों का प्रतिनिधित्व करनेवाले हिंदू देव समूह में विभिन्न देवताओं में से अशोक, शिवजी के प्रति सदा ही विशेष रूप से आकृष्ट रहा था। शिव, महादेव, आशुतोष, देवाधिदेव; जिन्होंने जगत् के रक्षणार्थ हलाहल विष का पान किया। योगिराज शिव, हिमाच्छादित हिमालय में अगाध समाधि में लीन, भाल पर अर्धचंद्र धारण किए हुए, नटराज के रूप में शाश्वत सृष्टि-स्थिति और लय का ब्रह्मांडीय नृत्य करते हुए शिव। पर्वतीय मार्ग पर चलते हुए अशोक को लगा कि वह उन चिंताओं और आशंकाओं से शनैः शनैः बंधनमुक्त हो रहा है, जो इतने समय से उसके मन को आक्रांत किए हुए थी। वह अपने आप को 'उन्मुक्त' अनुभव कर रहा था। अपने देहांत से पूर्व स्वामीजी ने अशोक से एक बार कहा था कि सचेत मन जितना समझ और भाँप सकता है, जीवन और अस्तित्व उससे कहीं अधिक है। अस्तित्व की अनेक सीमाएँ और श्रेणियाँ थीं, जो सामान्य मन द्वारा देखी और समझी जानेवाली वास्तविकताओं जितनी सामान्य थीं, किंतु उसकी स्थूल सीमा से पूर्णतः परे थीं। अतः समय-समय पर अपने मिथ्या अहं के शिकंजे से छूटकर अनुभूति की

गहनतर श्रेणियों से संपृक्त होना अत्यंत उपयोगी है। इस उद्देश्य से स्वामीजी ने योगाभ्यास की अनुशंसा की थी, किंतु यह भी कहा था कि किन्हीं भौतिक परिस्थितियों में इस प्रकार की उन्मुक्तता अधिक सरल हो जाती थी।

चलते-चलते अशोक की विचार सारणी पर्वत पर केंद्रित होने लगी। इस पर्वत में ही कुछ विशेषता है, उसे अब स्पष्ट लगने लगा। प्रत्येक पग के साथ वह अधिक हल्का और सशक्त महसूस करने लगा। यह एक विचित्र सम्मिश्रण था। वह आधे मील तक पर्वत के निचले शिखर तक चला। उसके बाद देवदार वृक्षों का वन आरंभ हुआ और अशोक ने स्वयं को विशाल नभस्पर्श वृक्षों के बीच पाया। भूमि उन पेड़ों से टूटे हुए छोटे-बड़े शंकुओं से पटी पड़ी थी। पाषाणों पर हरी काई की चादर लिपटी हुई थी। वातावरण में वन की तेज, किंतु सुखद खुशबू फैली हुई थी। झाड़ियाँ छोटे रंग-बिरंगी पक्षियों की चहक से जीवंत थीं। अशोक ने कम-से-कम दो बार अपने सामने से शाह बुलबुल को उड़ते देखा। मुगल बादशाह उसके लंबे सफेद पंख को बहुत पसंद करते थे। हाँ, मनुष्य मात्र का कहीं कोई चिह्न नहीं था। अच्छा ही है, अशोक ने सोचा—दिल्ली के कोलाहल से निकलकर यह वातावरण उसे सचमुच दिव्य प्रतीत हो रहा था। दिल्ली में तो बस लोग ही लोग थे। धकियाते, इधर-उधर हाथ-पैर चलाते, चिल्लाते हुए। यहाँ पर्वत और घने वन के बीच पक्षियों और देवदार वृक्षों के इस स्वर्गवत लोक में अनुभव किए जा रहे लोकातीत एकांत के लिए उसका मन कृतज्ञ था।

अशोक को चलते हुए पंद्रह मिनट बीत चुके थे। अब उसे दिखाई देने लगा कि वन्य प्रदेश की सघनता कम हो रही थी। कुछ क्षणों बाद वह एक मोड़ पर पहुँचा और फिर चित्रलिखित सा रह गया। उसने लगभग एक हजार फीट की चढ़ाई की होगी। सामने डल झील का संपूर्ण दृश्य विद्यमान था। झील को घेरे हुए पहाड़ों से उसके परिदृश्य की भव्यता और वृद्धिमान हो रही थी। होटल से भी डल झील का नजारा काफी सुंदर था। लेकिन पहाड़ के ऊपर से, जहाँ अशोक इस समय खड़ा था, सामने का दृश्य कहीं अधिक समृद्ध और अभिभूत करनेवाला था। होटल भी भोर के प्रकाश में शुभ्र और स्वच्छ दिख रहा था। डल

झील भी उसकी कल्पना से कहीं अधिक बड़ी थी। वह घाटी के पूर्व की ओर ऊँची पर्वत शृंखला और शिवगिरि के बीच की सारी भूमि को भरता हुआ सा प्रतीत हो रहा था। प्रात:काल की नीरवता में सरोवर काँच के एक विराट् गलीचे की भाँति दिख रहा था, जिसकी सतह पर छोटे-छोटे मछियारी नौकाओं के बिंदु तैर रहे थे। सैलानियों द्वारा तैरने के बाद कपड़े बदलने के लिए उपयोग किए जा रहे तीन हाउसबोट अचल और वीरान खड़े थे और दूर से बच्चों के खिलौने जैसे लग रहे थे। सामने के पर्वत वृक्षहीन थे और उनमें से सबसे ऊँचे पर्वत हिमाच्छादित थे। वहाँ की नीरवता इतनी स्तब्धकारी और प्रभावशाली थी कि अशोक कुछ देर तक अविचल खड़ा रहा। नि:सर्ग द्वारा उसपर डाले गए इस सम्मोहन को तोड़ने में वह असमर्थ तो था ही, अनिच्छुक भी था।

अचानक उसके पीछे से गहन कंठध्वनि ने सन्नाटे को भंग किया।

"ईश्वर की महिमा अपरंपार है।"

मानव कंठध्वनि सुन अशोक हल्का सा हाँफ कर तुरंत मुड़ा और अपने आप को एक दीर्घकाय, पुष्टदेह पुरुष के सम्मुख पाया। उस दीर्घ पुरुष की आँखें विचित्र रूप से चमक रही थीं और चेहरे पर एक लंबी दाढ़ी शोभायमान थी। उस भव्य मूर्ति के केश बादामी रंग के थे और कंधों पर सुव्यवस्थित थे। शुभ्र धोती और स्वच्छ निरभ्र गाउन और काष्ठ के खड़ाऊँ में वे सज्जन वेष्टित थे। कंठ में रुद्राक्ष की माला थी और माथे पर त्रिपुंड शोभायमान था, जो उनके शिवभक्त होने की सूचना दे रहे थे। उनके दोनों नेत्र पर्याप्त अंतर पर स्थिर और असामान्य तेज से संपन्न थे। किंतु आश्चर्य की बात थी कि वे आँखें नीली थीं।

अशोक को उस विराट् व्यक्तित्व को आत्मसात् करने में कुछ क्षण लगे। उसने अपनी आँखें उठाकर सामने खड़ी उस मूर्ति का साक्षात्कार किया और कहा, "आप ही महाराज होंगे।" फिर अपने भीतर के एक अदम्य आवेग के वशीभूत हो जलपात्र और फूल नीचे रख उनके चरणों का स्पर्श करने के लिए उद्यत हुआ। उस श्वेतवेष्टित व्यक्ति ने तुरंत अशोक को भुजाओं में थामकर आलिंगन में बाँध लिया। अशोक लंबे कद का व्यक्ति था, लेकिन महाराज उससे कई इंच लंबे थे। एक क्षणांश के लिए अशोक को प्रतीत हुआ कि वह पुन: एक बालक बन गया था।

"आओ, पुत्र।" महाराज ने कहा। "मैं तुम्हारी प्रतीक्षा करता रहा हूँ।"

अशोक ने चकित होकर कहा, "आश्रम में आपके शिष्य ने भी मुझसे यही कहा था, लेकिन आप मेरी प्रतीक्षा भला कैसे कर रहे थे? आप मुझे जानते नहीं हैं, मुझसे पहले कभी नहीं मिले हैं और मुझे स्वयं मालूम नहीं था कि आज मैं यहाँ आऊँगा।"

उत्तर में महाराज ने मुसकराकर केवल इतना कहा, "आओ, तुम भगवान् शिव के दर्शन के लिए उत्सुक होगे।" फिर वे मुड़कर मंदिर की ओर चलने लगे, जो वहाँ से बस दो सौ गज की दूरी पर स्थित था। अशोक फूल और जलपात्र उठाकर महाराज के पीछे चल पड़ा, हालाँकि उस दीर्घकाय व्यक्ति के साथ कदम मिलाने में उसे अपनी गति काफी तेज करनी पड़ रही थी।

शीघ्र ही दोनों मंदिर पहुँचे, जो पर्वत के बिल्कुल शिखर पर एक पठार पर निर्मित था। मंदिर नीले आकाश में नाटकीय रूप से स्थित था। एक सहस्र वर्ष से अधिक प्राचीन यह देवालय पूर्णत: पाषाण से निर्मित था और एक रहस्यमयी आभा बिखेर रहा था।

मंदिर के गर्भगृह तक जाने के लिए सीढ़ियों की एक लंबी श्रृंखला थी। महाराज सीढ़ियों के पास रुककर, अपने खड़ाऊँ उतार अशोक के पहुँचने की प्रतीक्षा कर रहे थे। अशोक ने वहाँ पहुँचकर अपने जूते और मोजे उतारे और सीढ़ियों के पास के नल में अपने हाथ धोए।

महाराज ने अशोक की भुजा थाम धीरे से कहा, "आओ।" दोनों ने सीढ़ियों का आरोहण करना आरंभ किया। सीढ़ियों की पहली पंक्ति जहाँ समाप्त हुई, वहाँ से एक दूसरी पंक्ति, अधिक तीव्र ढलान वाली शुरू हुई, जो गर्भगृह तक ले जानेवाली थी। सीढ़ियों की इस दूसरी पंक्ति के मुहाने पर धातु की बनी एक विशाल घंटी थी। आगे बढ़ने से पहले महाराज ने घंटी पर चोट की। उसका नाद चित्तभेदी, किंतु सुमधुर था। महाराज के पीछे गर्भगृह तक जाते हुए भी घंटी की ध्वनि अशोक के कानों में गुंजायमान थी। गर्भगृह का द्वार षट्कोणात्मक था और उसकी चौड़ाई दस फीट से कम की रही होगी। गर्भगृह के मध्य प्राय: छह फीट ऊँचा और पाँच फीट व्यास का शिवलिंग था। शिवलिंग हरे रंग के पाषाण

से निर्मित था और वैसा पत्थर अशोक ने पहले कभी नहीं देखा था।

पाषाण लिंग के पीछे प्रात:काल के प्रकाश में चमकती हुई कांस्य की बनी शिवजी की चतुर्भुज नटराज प्रतिमा थी। एक हाथ में सृष्टि के अनादि स्वर का प्रतीक डमरू था और दूसरे में अग्नि, जो संहार का प्रतीक थी। मूर्ति के अन्य दोनों हाथों में से एक आशीर्वाद की मुद्रा में उठा हुआ था और दूसरा शिवजी की नृत्यमुद्रा में उठे चरण की ओर मोक्ष के पथ के रूप में इंगित कर रहा था। शिवजी के नटराज स्वरूप का उद्‌गम दक्षिण भारत में हुआ था और उनकी यह प्रतिमा कश्मीर के इस अत्यंत प्राचीन देवस्थान को एक अतिविशिष्ट आयाम प्रदान कर रही थी।

महाराज ने अपने दोनों कर जोड़कर उपासना आरंभ की। शुद्ध, त्रुटिरहित संस्कृत में उन्होंने देवाधिदेव महादेव शिव की आराधना में आदि शंकराचार्य द्वारा रचित स्तुति का पाठ आरंभ किया। यह शिवमंदिर शंकराचार्य मंदिर भी कहलाता था। प्रात:कालीन राग भैरव में महाराज के गहन-गंभीर कंठस्वर में गाई जा रही शिवस्तुति उस छोटे से गर्भगृह को अपनी गूँज से आपूर्यमाण करने लगी। अशोक ने भी अपने हाथ जोड़ लिए और महाराज के कंठ से शिवजी की स्तुति प्रफुल्लित होकर सुनने लगा—

प्रात: स्मरामि भवभीतिहरं सुरेशं गङ्गाधरं वृषभवाहनमम्बिकेशम्।
खट्वाङ्गशूल वरदाभयहस्तमीशं संसाररोगहरमौषधमद्वितीयम्॥
प्रातर्नमामि गिरिशं गिरिजार्धदेहं सर्गस्थिति प्रलयकारणमादिदेवम्।
विश्वेश्वरं विजितविश्वमनोभिरामं संसाररोगहरमौषधमद्वितीयम्॥
प्रातर्भजामि शिवमेकमनन्तमाद्यं वेदान्तवेद्यमनघं पुरुषं महान्तम्।
नामादिभेदरहितं षड्भावशून्यं संसाररोगहरमौषधमद्वितीयम्॥

स्तुति के गायन के समापन से कुछ पूर्व अशोक ने शिवलिंग को हल्की दीप्ति से चमकते हुए देखा। सूर्योदय हो चुका था और भास्कर की प्रथम किरण गर्भगृह के द्वार से उन दोनों के बीच प्रवेश कर चुकी थी। अकस्मात्, किसी अज्ञात चमत्कार से गर्भगृह प्रकाश से नहा उठा और शिवलिंग भी ऐसे प्रकाशमय हुआ मानो वह प्रकाश उसी से नि:सृत हो रहा हो। लिंग के पीछे स्थित नटराज

मूर्ति भी ऐसे जगमगा उठी जैसे वह विशुद्ध स्वर्ण की बनी हो। अशोक ने अपने आभ्यंतर में एक अद्‌भुत आनंद और संवेग का अनुभव किया और एक क्षण के लिए उसे लगा कि वह संज्ञाशून्य होकर गिर पड़ेगा। उसी क्षण, मानो किसी पूर्वाभास से प्रेरित होकर महाराज ने उसके कंधे पर हाथ रख उसे निर्दिष्ट किया, ''यह लो, पहले जल चढ़ाओ और फिर फूल।''

अशोक ने आगे बढ़कर पाषाण के लिंग पर जलार्पण करते हुए शिवजी की स्तुति संस्कृत के उस श्लोक से की, जो वर्षों पहले स्वामीजी ने उसे सिखाई थी—

कर्पूरगौरं करुणावतारं संसारसारं भुजगेन्द्रहारम्।
सदा वसन्तं हृदयारविन्दे भवं भवानी सहितं नमामि॥

फिर उसने फूलों की वह छोटी टोकरी शिवलिंग पर उड़ेल दी। सारा समय उसे इस बात का तीव्र भान था कि दो तेजस्वी नीली आँखें उसपर टिकी हुई थीं।

''आओ!'' महाराज ने कहा। उनका अनुसरण कर अशोक पाँच सीढ़ियाँ उतर गर्भगृह के बाहर के चबूतरे पर आ खड़ा हुआ। वहाँ से संपूर्ण घाटी का अत्यंत मनोरम नयनाभिराम दृश्य दिख रहा था। श्रीनगर शहर किसी विशाल लचीले जंतु के भाँति पसरा पड़ा था, जिसे चारों ओर से पहाड़ों ने जकड़ रखा हो। धीरे-धीरे दोनों ने मंदिर की परिक्रमा की। अशोक अपनी पूर्ण चेतनावस्था में था, पूरी तरह जागरूक और सजग, फिर भी मंदिर का वह रहस्यमय स्थान, उसके भीतर की विशाल घंटी का हृदयभेदी और मर्मस्पर्शी निनाद, उत्कृष्ट रीति से उच्चारित शिवजी की स्तुति, जो अभी तक उसके कानों में गूँज रही थी और इन सबसे बढ़कर उसके आगे चल रहे श्वेत वस्त्रों में आच्छादित उस भव्य और रहस्यमयी व्यक्ति का आभामंडल, एक साथ एक अबूझ अवास्तविकता तथा उच्च चैतन्यावस्था निःसृत कर रहे थे। अशोक को कुछ देर के लिए तो लगा कि यह सब शायद एक स्वप्न हो, किंतु उसके भीतर एक गहन प्रतीति थी कि यह सबकुछ उसके अब तक की किसी भी अनुभूति से कहीं अधिक वास्तविक था।

मंदिर के भवन की परिक्रमा पूर्ण कर महाराज ने गर्भगृह को प्रणाम किया और फिर से वहाँ टँगी विशाल घंटी पर नाद किया। उसकी ध्वनि ने भोर के वातावरण को अपनी गूँज से इस तरह आपूरित किया मानो वह पूरी घाटी को

अपने स्वर से भर देना चाहती हो। महाराज फिर आगे की सीढ़ियाँ उतरने लगे और अशोक उनके पीछे-पीछे चल पड़ा। मंदिर की तलहटी पर महाराज बाईं ओर एक छोटे से आले की तरफ मुड़े, जिस पर अशोक की दृष्टि पहले नहीं पड़ी थी। इसमें लगभग तीन फीट ऊँची एक भगवा वस्त्रधारी साधु की मूर्ति स्थापित थी, जो स्पष्टत: आदि शंकराचार्य की थी। आठवीं शताब्दी में यह महान् ऋषि और द्रष्टा आध्यात्मिक और बौद्धिक शक्ति से संपन्न होकर संपूर्ण भारत में छा गए थे। आदि शंकराचार्य ने अकेले हिंदू धर्म को बहाल कर उसकी गरिमा की पुनर्स्थापना की। अशोक और महाराज ने उनकी प्रतिमा को नमस्कार किया।

महाराज अशोक को देखा और मुसकराए। उनके मुखमंडल से शक्ति, आत्मविश्वास और दिव्य शांति भासित हो रहे थे। लेकिन उनकी मुसकान तो और भी विलक्षण थी—उदात्त कोमलता और गहन करुणा का मिश्रण लिए हुए, जैसे गौतम बुद्ध या ईसा मसीह की मुसकान हो। अशोक भी कुछ लजाकर मुसकरा पड़ा। इस समय उसके भीतर न जाने कितने प्रश्न उमड़-घुमड़ रहे थे।

"चलो विश्राम गृह की ओर चलते हैं।" महाराज ने ही मौन भंग करते हुए कहा। "वहाँ हम कुछ देर वार्त्तालाप कर सकते हैं और तुम्हें जो पूछना हो, वह पूछ सकते हो।"

पूछना तो सचमुच बहुत कुछ था, लेकिन महाराज के व्यक्तित्व की विराटता तो वस्तुत: सम्मोहिनी थी। अशोक तो उनसे इतना अभिभूत था कि वह एकाध शब्दों से आगे कुछ बोलने में भी अपने आप को असमर्थ पा रहा था। विश्राम कक्ष में बैठने पर किसी तरह वह लड़खड़ाती जिह्वा से पूछ बैठा, "आप···कौन हैं आप?"

"भगवान् शिव का एक भक्त।" महाराज ने बड़ी सहजता से उत्तर दिया।

"लेकिन···मेरा मतलब है···आप अंग्रेज हैं न?"

महाराज ने अशोक को एक क्षण के लिए कुछ अजीब तरह से देखा, फिर इस तरह उन्मुक्त रूप से हँस पड़े कि अशोक की भी झेंप-भरी मुसकान निकले बिना रह न सकी।

''शिवजी कब से केवल भारतीयों के ही हुए? क्या वे विश्वनाथ नहीं हैं, पूरे विश्व के नाथ?''

लज्जा के मारे अशोक का मुख कुछ लाल हुआ। ''क्षमा कीजिए, मैं बस इसलिए पूछ बैठा, क्योंकि मैं बहुत चकित हुआ हूँ।''

''तुम्हारे प्रश्न का उत्तर 'हाँ' भी है और 'नहीं' भी। जन्म से मैं अंग्रेज था, किंतु अब मैं किसी भी राष्ट्रीयता का नहीं हूँ। मैं प्रभु का भक्त हूँ और इसीलिए सारा विश्व मेरा राष्ट्र है।'' कुछ देर रुककर उन्होंने पूछा, ''तुम्हारा नाम क्या है?''

''अशोक सिंह।'' अशोक ने कहना शुरू किया, फिर बीच में रुककर कहा, ''लेकिन आपको तो मेरा नाम पता होगा ही। आप तो मेरी प्रतीक्षा कर रहे थे।''

महाराज फिर मुसकरा पड़े, लेकिन अशोक की टिप्पणी का कोई उत्तर न देते हुए उन्होंने पूछा, ''तुम किसकी खोज कर रहे हो?''

''मैं...मैं उपनिषदों द्वारा व्याख्यायित उस आदर्श अवस्था की खोज में हूँ। वह अवस्था, जिसमें सारे दु:खों और संघर्षों का अंत होता है और आनंद व निश्चितता का प्रकाश है।''

महाराज की मुसकान एक बार फिर उनके आनन पर व्याप्त हुई। ''तुम्हारा अन्वेषण उचित है, अशोक। तुम वही खोज रहे हो, जो तुम्हारा जन्मसिद्ध अधिकार है। तुम्हारा नाम 'अशोक' है, यानी शोक से रहित और यह उचित ही है कि तुम शोकहीन अवस्था की तलाश में निकल पड़े हो।''

''लेकिन क्या मैं उस अवस्था को प्राप्त कर सकता हूँ, महाराज? अथवा मेरा सारा जीवन व्यर्थ की तलाश में व्यतीत होगा?''

''वास्तविक तलाश कभी व्यर्थ नहीं होती है पुत्र और न ही वास्तविक जीवन का कभी अंत होता है।''

इस अप्रत्यक्ष टिप्पणी के साथ महाराज एकदम से उठ खड़े हुए। ''तुम्हें अब लौटना चाहिए। जब चाहो आकर मुझसे मिलने में अपने आप को स्वतंत्र समझो। सूर्योदय और सूर्यास्त के समय मैं यहाँ हूँ। बाकी समय मैं आश्रम में

मिलूँगा।'' उन्होंने जाते हुए कहा।

अशोक ने उठकर उनके चरण छुए। इस बार महाराज ने उसे रोका नहीं, किंतु अशोक के उठ खड़े होने पर उन्होंने स्नेह से अशोक के कंधों पर हाथ रखा और अपनी नीली आँखों से अशोक की आँखों में झाँकते हुए कहा, ''हाँ, मैं तुम्हारी प्रतीक्षा कर रहा था। तुम्हारी तलाश में, मैं तुम्हारी सहायता करूँगा। लेकिन स्मरण रहे, अपने लक्ष्य तक पहुँचने के लिए उस पथ पर तुम्हें स्वयं चलना होगा। दूसरे तुम्हारी सहायता उसी प्रकार कर सकते हैं जैसे मार्गसूचक स्तंभ मार्ग दिखाते हैं, लेकिन यात्रा तो हममें से हर एक को अकेले ही करनी होती है।''

महाराज फिर मुड़कर मंदिर की ओर चल पड़े। जाती हुई उस भव्य मूर्ति को अशोक कुछ देर देखता रहा, फिर खाली जलपात्र हाथ में लेकर पर्वत से नीचे उतरने लगा।

□

अध्याय 5

"अरे भई, कल हम गुलमर्ग जा रहे हैं, सारा दिन वहीं बिताएँगे। आ रहे हो न?" रमेश ने पूछा। शीला और अशोक पैलेस होटल के बगीचे में चिनार के एक पेड़ के साये में बैठे थे।

"नहीं, मैं नहीं।" अशोक ने कहा।

"क्यों नहीं, भई।" रमेश ने अपना बियर गटकते हुए पूछा। "अब तुम्हें क्या हो गया है? हाँ, मैं इतना तो जानता हूँ कि स्कूल में तुम पर्वतारोहण क्लब के मुखिया जैसे तो कुछ नहीं थे, लेकिन इतने भी आलसी नहीं थे। क्या हमारे साथ रहना तुम्हें अच्छा नहीं लग रहा है?"

"शायद इन्हें कोई लड़की मिल गई है और यह उसके साथ रहना चाहते हैं।" शीला ने मधुर हँसी के साथ ठिठोली की।

अशोक ने थोड़ा झेंपते हुए कहा, "अरे नहीं, ऐसी कोई बात नहीं है। दरअसल यह तुम दोनों के हनीमून का समय है और तुम्हें जितना हो सके, एक-दूसरे के साथ समय गुजारना चाहिए और वैसे भी कल का दिन मैं शिवगिरि पर बिताना चाहूँगा।"

"लेकिन तुमने कहा कि आज सुबह ही तुम वहाँ हो आए थे।" रमेश ने कुछ तल्खी से कहा। "अब वह पहाड़ उतना भी देखने लायक तो नहीं है।"

"है, बिल्कुल है।" अशोक ने कहा, "और वहाँ मैं एक अद्‌भुत व्यक्ति से भी मिल आया, यानी वहाँ का पुजारी। लोग उन्हें महाराज कहते हैं और वे..."

"यार, तुम तो बिल्कुल गए लगते हो।" रमेश ने जोर से हँसते हुए कहा। "तुम और तुम्हारा यह धरम-वरम। यह बाबा, महंत और स्वामी। भई, तुम

अपनी जिंदगी सहज ढंग से क्यों नहीं जी सकते? क्या सारा समय अस्तित्व के इन अबूझ रहस्यों की चिंता करते रहना जरूरी है?'' फिर उसने उठते हुए कहा, ''सुनो, मैं अपने कमरे में जा रहा हूँ। अपना ड्रिंक दस मिनट में खत्म करो, मैं तुम्हें डाइनिंग रूम में मिलूँगा।''

रमेश तेज कदमों से बगीचा पार करते हुए सीधे होटल में दाखिल हुआ। अशोक और शीला कुछ देर उस गठित आकृति को होटल के बरामदे में ओझल होते हुए देखते रहे, फिर मुड़कर एक-दूसरे को देखा। आज लंदन में बिछड़ने के वर्षों बाद वे पहली बार एक-दूसरे के सान्निध्य में साथ थे। कुछ समय तक तो दोनों एक-दूसरे को केवल निहारते रहे। दोनों से ही कुछ बोला न गया।

अशोक ने अंततः मौन को भंग किया। ''बधाई हो शीला। तुम्हें बढ़िया पति मिला है।''

''हाँ।'' शीला ने मुसकराते हुए कहा, ''मैं बहुत भाग्यशाली हूँ।''

''लेकिन उतनी नहीं, जितना भाग्यशाली रमेश है।'' अशोक ने कहा।

लजाते हुए शीला ने उसे देखा। एक अल्प क्षण के लिए दोनों में दृष्टि-विनिमय हुआ, फिर शीला बोली, ''तुमने अब तक शादी क्यों नहीं की, अशोक?''

''इसलिए कि तुम्हें पाकर खोने के बाद ऐसी कोई मेरे जीवन में नहीं आई, जिसके साथ मैं अपना जीवन व्यतीत करने की सोच पाता।''

''कितनी बचकानी बात है, अशोक।'' शीला ने कह तो दिया, किंतु अशोक के इस कथन पर उसके अंतर्मन में पीड़ा की जो लहर उठी, उसकी उपेक्षा वह न कर सकी। फिर किसी भाँति अपने आप पर नियंत्रण रखते हुए उसने कुछ विनोद में कहा, ''तुम्हारे जैसे आकर्षक युवक के लिए तो दिल्ली में अपनी पसंद की सुशील और योग्य लड़कियों की कोई कमी नहीं होगी।''

अशोक की मुसकान उसकी आंतरिक व्यथा से पूर्ण थी। ''हाँ, शायद तुम सही कह रही हो। कुछ सालों से माँ भी मेरे पीछे पड़ी है। वह तो पोते का मुँह देखने के लिए तरस रही है। लेकिन क्या करूँ, जिस भी लड़की से मिलता हूँ, उसकी तुलना तुमसे करने लगता हूँ और यही पाता हूँ कि वह तुम नहीं हो।''

शीला को स्वयं इस बात का आभास नहीं हुआ कि वह कब आगे झुकी और उसके हाथ ने अशोक के हाथ को कब हल्के से स्पर्श किया। उसके चेहरे

पर गंभीर उदासी छलक रही थी। "अशोक, ऐसे कब तक रहोगे? मुझे भूलकर तुम्हें किसी अच्छी लड़की से शादी करनी ही होगी। तुम मेरी स्मृति को अपने शेष जीवन की व्यथा नहीं बनने दे सकते ।"

कुछ देर दोनों ही बोल न सके। शीला की चमकीली आँखें अश्रुपूरित थीं। "तुम जानते हो कि मैंने भी तुमसे उतना ही प्रेम किया था, जितना तुमने मुझसे। मेरा हृदय तुम्हारे लिए सदा ही गहनतम स्नेह से भरा रहेगा। लेकिन भाग्य में लिखा नहीं था कि हम एक-दूसरे के बनते। मैं अब एक पुरुष की पत्नी हूँ और तुम्हें भी अपना जीवन सँवार लेना चाहिए। केवल यादों और अतृप्त इच्छाओं के सहारे तुम बाकी जिंदगी जी नहीं सकते।"

अशोक अपनी भावनाओं से विवश हो मौन बैठा रहा। काफी समय बाद वह बोलने में स्वयं को समर्थ महसूस करने लगा। "क्या तुमने रमेश को बताया कि हम लंदन में एक-दूसरे को जानते थे?"

"नहीं।"

"क्या हमें उसे बताना चाहिए?"

शीला भी काफी देर चुप रही, फिर बोली, "नहीं। एक तो उसे अजीब लगेगा कि विमान में मिलने पर हमने एक-दूसरे को पहचाना नहीं।" कुछ रुककर वह फिर बोल पड़ी, "रमेश स्वभाव से ईर्ष्यालु और अधिकारात्मक है। उसका गुस्सा भी ज्वालामुखी जैसा है।"

कटु स्मृतियों में विचर रहे अशोक ने हामी भरते हुए उत्तर दिया, "अच्छी तरह जानता हूँ। हम पाँच साल स्कूल में साथ पढ़े थे।"

"हाँ, मैं तो भूल ही गई थी।" शीला ने कहा।

"यदि हमारे बिना बताए उसे पता चल गया तो?" अशोक ने अपनी आशंका व्यक्त की।

"भला उसे कैसे पता चलेगा?"

"उम्मीद करते हैं उसे पता न चले, वरना वह सचमुच शक करने लगेगा।" अशोक ने कहा।

आँखों में एक अल्हड़ झिलमिलाहट लिए शीला ने पूछा, "कहीं उससे डरते तो नहीं हो?"

''नहीं, बल्कि मैं तो उसके लिए डरता हूँ।''

अशोक की इस उक्ति पर शीला की भौहें आश्चर्य से टेढ़ी हुईं, लेकिन इससे पहले कि वह कुछ कहे, दोनों ने रमेश को अपनी ओर आते हुए देखा।

''क्या हुआ?'' रमेश ने निकट आते ही जोरदार आवाज में पूछा। ''मैंने तुम दोनों को डाइनिंग रूम में मिलने के लिए कहा था।''

''माफी चाहते हैं।'' अशोक ने कहा। ''दरअसल बातों में हमें समय का भान नहीं रहा।''

''अच्छा? खैर, भूख के मारे मेरी जान निकल रही है। आओ चलकर भोजन करते हैं।''

शीला उठी तो रमेश ने उसकी कमर पर अपनी भुजा लपेटते हुए कहा, ''चलो जानेमन, जल्दी करो। चलो अशोक।''

भोजन के दौरान चर्चा एक बार फिर धर्म और अध्यात्म की ओर मुड़ी।

रमेश ने बात छेड़ी। ''मेरी तो समझ से बाहर है कि किसी को इस लोक से ज्यादा दूसरे लोक को लेकर इतनी चिंता हो सकती है। चलो मान लेते हैं कि पुनर्जन्म है, लेकिन आखिरकार हम अपने वर्तमान जन्म को तो देख और अनुभव कर सकते हैं। तो भई, अगले जन्म या लोक की चिंता करने के बजाय, जो शायद हो ही नहीं, इस जन्म का क्यों न भरपूर लुत्फ उठाया जाए?''

''धर्म केवल अगले लोक या जन्म से ही संबंधित नहीं है, रमेश।'' अशोक ने शांत स्वर में कहा। ''बल्कि सच्चा धर्म तो व्यक्ति को उसकी वर्तमान अवस्था में ही परिष्कृत करने का प्रयास करता है, उसकी उदात्त वृत्तियों को और विकसित कर उसे आध्यात्मिक बनाने के लिए धर्म कार्य करता है।''

''अरे लो भई, तुम घूम-फिरकर सच्चे धर्म पर आ ही गए। मुझे बताओ कि आखिर कौन सा धर्म सच्चा है और कौन सा झूठा? आखिर सभी मजहब यही दावा करते हैं कि सत्य पर उन्हीं का एकाधिकार है। मुझे तो यही मालूम पड़ता है कि आप जिस मजहब या समुदाय में दुर्घटनावश पैदा हो जाते हैं, बस वही आपके साथ चिपक जाता है।''

अशोक ने टिप्पणी की, ''स्कूल में मैं हमेशा वाद-विवाद क्लब में शामिल

होने के लिए तुम्हारे पीछे पड़ा रहता, लेकिन तुम कभी माने ही नहीं।''

रमेश अपना आक्रमण मंद करने के लिए तैयार बिल्कुल नहीं था। दुगुने वेग से मोरचे पर लौटते हुए कहा, ''रहने दो, मुझे टालने की कोशिश न करो। बताओ कौन सा धर्म सच्चा है?''

'एक *सद् विप्रा बहुधा वदन्ति!'* अशोक ने गंभीर स्वर में कहा।

''अबे यार, मुझ पर अपनी संस्कृत आजमाने की कोशिश करोगे न तो इस स्वादिष्ट कढ़ी को तुम्हारे मुँह पर ही उड़ेल दूँगा।''

''सत्य एक है। ज्ञानी जन उसे भिन्न नामों से व्यक्त करते हैं।''

''बड़े मूर्ख हैं तुम्हारे सारे ज्ञानी।'' रमेश ने खिसियाते हुए कहा। ''यदि वे इतने ज्ञानी हैं तो किसी एक नाम पर सहमत क्यों नहीं हो सकते?''

''इसलिए कि लोगों की भाषाएँ भिन्न हैं और इसलिए कि वास्तविकता यानी ईश्वर इतने बहुआयामी और व्यापक हैं और मानव जाति इतना प्रसारित और वैविध्यपूर्ण है कि हम उस परम सत्य को किसी एक नाम तक ही सीमित रखने की अपेक्षा नहीं कर सकते।''

''चलो ठीक है। लेकिन अगर यह ज्ञानी लोग किसी एक नाम पर सहमत नहीं हो सकते तो भगवान् के किसी एक वर्णन पर ही क्यों नहीं सहमत हो सकते? कुछ लोग उसकी कल्पना पुरुष के रूप में करते हैं, कुछ स्त्री के रूप में, कुछ एक बालक या न्यायाधीश के रूप में, कुछ प्रकाश के रूप में।''

''इससे मुझे महान् संत श्री रामकृष्ण द्वारा कही गई एक कथा की याद आती है।'' अशोक ने कहा। कुछ क्षण रुककर उसने पूछा, ''तुमने उनके बारे में सुन रखा है न?''

अब रमेश मुसकराहट के साथ बोला, ''सेना में हम इतने भी अनभिज्ञ नहीं हैं, जितना आप बुद्धिजीवी लोग हमें समझते हैं।''

''माफी चाहता हूँ।'' अशोक ने कहा। ''श्री रामकृष्ण तीन अंधे व्यक्तियों की कथा सुनाया करते थे। तीनों एक बार एक हाथी के समीप पहुँचे। एक ने हाथी की सूँड़ को स्पर्श कर कहा कि यह तो एक साँप है। दूसरे नेत्रहीन व्यक्ति ने उसके कान को छूकर कहा कि वह एक बहुत बड़ा पंखा है। तीसरे ने हाथी के

पाँव का स्पर्श किया तो उसे लगा कि वह एक बहुत बड़े वृक्ष के तने को छू रहा है। अब हाथी के वास्तविक आकार को लेकर वे तीनों आपस में लड़ने-झगड़ने लगे। इतने में उनके पास से एक और व्यक्ति गुजर रहा था और उसने तीनों के बीच चल रहे विवाद का कारण पूछा। पता चलने पर उसने उन तीनों नेत्रहीनों को समझाया कि वे अपनी जानकारी में सही, किंतु अपूर्ण थे। कुछ हिस्सों में हाथी एक साँप, पंखे और वृक्ष की तरह ही है, लेकिन उसका पूरा अस्तित्व इन तीनों पहलुओं को समाविष्ट कर उससे भी कहीं अधिक विराट् है।'' इस प्रकार उनका झगड़ा समाप्त हो गया।

''यह है तो काफी दिलचस्प।'' रमेश ने कहा, ''लेकिन इस बात से इनकार नहीं किया जा सकता कि सारी दंतकथाएँ और मिथक मिलकर भी अलग-अलग पंथों और मजहबों के बीच असली और गहरे मतभेदों को छिपा नहीं सकते और यह मतभेद न केवल उसके तौर-तरीकों बल्कि मूलभूत सिद्धांतों के हैं।''

अब शीला ने कोमलता से बातचीत की दिशा मोड़ी, ''यदि आप दोनों अपने दार्शनिक वाद-विवाद को कुछ देर रोकने की कृपा करेंगे तो हम भोजन के अगले हिस्से की ओर बढ़ सकेंगे।'' इस पर तीनों हँस पड़े।

''कल तुम हमारे साथ गुलमर्ग चल रहे हो, अशोक। अब 'ना' कहके मूड मत खराब करना।'' रमेश ने कहा और फिर शीला की ओर मुड़ा, ''क्या उसे हमारे साथ चलने के लिए मना नहीं सकती हो?''

''हाँ, आइए न।'' शीला ने कह तो दिया, लेकिन उसका स्वर किसी भी प्रकार के आग्रह से रहित था। अशोक मुसकराए बिना रह न सका। ''नहीं, वाकई मैं चल नहीं पाऊँगा। तुम दोनों के साथ दिन बिताना मैं बहुत पसंद करता, लेकिन मुझे महाराज से मिलना है। शायद तुम्हारी अगली पिकनिक पर मैं साथ चल सकूँगा।''

''ठीक है भई, ठीक है।'' रमेश ने कहा। ''लेकिन अगली बार हम तुमसे यह वादा पूरा करवाएँगे। रविवार को हम पहलगाम जा रहे हैं।''

अगली सुबह रमेश और शीला काफी सवेरे नाश्ता कर गुलमर्ग के लिए

निकल पड़े। उनका वाहन चालक अहमद शेख उन दोनों की तुलना में अधिक उत्साहित लग रहा था। गाड़ी में उनका सामान इस तरह लाद रहा था मानो उन दोनों से अधिक उसे आज की यात्रा में आनंद आ रहा हो। रमेश गोल्फ का उत्कृष्ट खिलाड़ी था और गुलमर्ग के विश्वविख्यात गोल्फ कोर्स में खेलने के लिए दिल्ली से अपने गोल्फ ग्लव्स खासतौर पर लाया था। नाश्ते में अशोक उनके साथ था और उन्हें छोड़ने होटल की ड्योढ़ी तक आया।

आज की इस गुलमर्ग सैर के लिए रमेश ने एक चौड़ी काउबॉय टोपी, खाकी कमीज और पतलून पहना हुआ था। उसकी उत्तम देहयष्टि तो कहीं भी अलग से नजर आती। अशोक को लगा, खासकर कश्मीर में, जहाँ लोग आमतौर पर कुछ खास लंबे नहीं थे। शीला कच्चे रेशम से बनी एक चोली और बदन को कसती हुई नीली जींस पतलून में थी। अशोक ने उसे ऐसे परिधान में कभी नहीं देखा था। साड़ी के लालित्यपूर्ण प्रवाह से अलग उसका यह यह रूप तो और भी मनमोहक था। धूल से बचने के लिए उसने अपने लंबे और घने केशों को रेशम के एक बड़े रूमाल से बाँध रखा था। रुमाल के घेरे ने उसकी अंडाकार मुखाकृति को और भी स्पष्टता से उकेर दिया और चमकती हुई आँखें तो और भी शोभायमान हो उठी थीं।

''सुनो अशोक, अब भी अपना मन बदलो और हमारे साथ गुलमर्ग चलो।'' रमेश ने आखिरी बैग मोटरगाड़ी में रखे जाने के बाद कहा।

''अरे नहीं, रहने दो।'' अशोक ने कहा। ''शाम को मिलते हैं। अपने दिन का खूब आनंद लेना।''

''बिल्कुल।'' रमेश ने शीला की ओर मुड़ते हुए कहा, ''चलो जानेमन।'' दोनों गाड़ी में बैठे। ड्राइवर अहमद ने सहज झुकते हुए अपनी जगह ली।

मोटरगाड़ी चलने लगी थी कि रमेश ने खिड़की से झाँककर अशोक से कहा, ''आज के लिए कोई खूबसूरत लड़की ढूँढ़ लो, जिसके संग समय बिता सको। मुझे पूरा विश्वास है, तुम्हारे इस रहस्यमयी महाराज से अधिक उसके संग तुम्हें ज्यादा मजा आएगा।''

अशोक मुसकराकर रह गया। मोटरगाड़ी चल पड़ी और वह होटल की

ड्योढ़ी पर खड़ा उनके ओझल होने तक वहीं रुका रहा और फिर धीमे कदमों से अपने कमरे में पहुँचा। दरवाजा बंद कर उसने एक आरामकुरसी पर अपने आप को सहजासन में ढीला छोड़ा।

अशोक का मन इस समय आशा और कुंठा का एक विचित्र सम्मिश्रण बना हुआ था। उसके पास एक अच्छी नौकरी थी। वह अच्छे स्वास्थ्य का धनी था और उन सभी भौतिक सुविधाओं का उपभोग कर सकता था, जिनकी यथासंभव अपेक्षा की जा सकती थी। लेकिन असंतोष ने उसके मन को बुरी तरह आक्रांत कर रखा था।

क्यों? भौतिक सुखों का उसे वैसे तो कोई गंभीर अभाव नहीं था, किंतु अशोक अपने भीतर किसी आवश्यक अवयव की कमी अभ्रांत रूप से अनुभव कर रहा था, जिसे उतार फेंकने में स्वयं को असमर्थ पा रहा था। कश्मीर में रमेश और शीला से इस सर्वथा अनपेक्षित मुलाकात ने उसके भीतर के इस शून्य को और तीक्ष्ण बनाने का कार्य किया था।

उसे रमेश की टिप्पणी याद आई। जीवन और अस्तित्व के क्यों और कहाँ जैसे प्रश्नों की इतनी चिंता करने की उसे क्या आवश्यकता थी? जीवन जैसा है, वैसा स्वीकार कर उसे क्यों न जिया जाए, बजाय इसके कि अनगिनत मानसिक समस्याओं से उलझते फिरें? लेकिन अशोक की मूलवृत्ति कुछ थी ही ऐसी। इस प्रकार का गहन अन्वेषण उसके मानस का अभिन्न अंग था, जिससे छुटकारा संभव नहीं था। वह सोचने लगा—क्या यह उसकी अतृप्त यौनेच्छा थी? क्या उसे अपनी माँ का आग्रह मानकर विवाह कर लेना चाहिए? क्या एक पत्नी उसके भीतर मँडरा रही इस रिक्ति को भर पाती? अशोक को इस बारे में घना संदेह था। अपने आप को वह ठीक-ठाक जानता था और आश्वस्त था कि वह एक अच्छा पति प्रमाणित होता। लेकिन यह आश्वस्ति एकाकी कदापि न थी। यह आशंका अशोक के साथ चिपकी थी कि उसकी अनसुलझी आध्यात्मिक दुविधा के चलते अपने जीवन में एक और व्यक्ति को शामिल करना एक अनुचित कृत्य होता। अशोक किसी भी प्राणी को क्षति पहुँचाने से कतराता था, पशुओं और कीटवत् जंतुओं को भी। अतः वह ऐसे किसी भी संबंध में बँधना

नहीं चाहता था, जिससे उसे और उस व्यक्ति को क्लेश और पीड़ा पहुँचे, जो उसकी पत्नी बनती।

ऐसे में विकल्प बचा तो बस वैवाहिक संबंधों की स्थिरता से रहित यौनात्मक रति का। अशोक स्वस्थ देहयष्टि से संपन्न था। इस तरह के प्रेम प्रसंगों में लिप्त होने के लिए संसार में कश्मीर से अधिक निःसर्ग-चुंबित स्थली भला और कहाँ मिलती? शायद रमेश के सुझाव में काफी दम था। लंदन में अशोक ने इस प्रकार के अनुभवों का स्वाद लिया भी था, जब वह नीरसता और अवसाद की गिरफ्त में रहता। यह शीला से भेंट से पहले हुआ करता था। इस प्रकार के अनुभव उनकी विद्यमानता की अवधि तक प्रणोत्तेजना और दैहिक उल्लास प्रदान जरूर करते, किंतु एक अवसादमयी उत्तर-प्रभाव भी छोड़ जाते। अशोक ने सोचा कि यह कश्मीर है और यहाँ शायद कुछ अलग प्रकार की अनुभूति हो सकती है।

एकाएक उसे शिवगिरि की विशाल घंटी की ध्वनि सुनाई पड़ी, जो डल झील के पार भी स्पष्ट सुनी जा सकती थी। अशोक कुछ चौंककर अपनी कुरसी से उठ पड़ा। होटल से उसे कोई टैक्सी शायद तुरंत न मिलती, लेकिन आश्रम वहाँ से बहुत दूर नहीं था, इसलिए उसने वहाँ तक पैदल जाने का निश्चय किया। कुछ व्यायाम भी हो जाता और वहाँ तक जाने में लगने वाले समय में उसे यह विचार करने का भी पर्याप्त अवकाश मिलता कि महाराज से उसे क्या कहना है। आज मौसम बड़ा साफ था और प्राणों का पोषण करता सा प्रतीत हो रहा था। डल सरोवर स्वच्छ, नीली पारदर्शिता से चमक रही थी। पर्वतों के शिखरों के इर्द-गिर्द दुग्धवत धवल मेघ घूम रहे थे और उन भूरे पर्वतों के निकट उनकी श्वेत आभा और भी निखरी हुई थी। होटल से उतरकर झील तक पहुँचने में अशोक को दस मिनट लगे। चौड़ा मार्ग झील के किनारे होते हुए दोनों ओर मुड़ा हुआ था। आज सड़क पर यातायात काफी था। शहर के मध्यभाग से लेकर मुगल उद्यान के बीच पर्यटकों से खचाखच भरी बसों का आवागमन हो रहा था। रंगबिरंगे पोशाकों में गाते और शोर मचाते हुए छात्रों से भरी ताँगों की खटखटाहट सुबह की हवा में अपना अलग राग बिखेर रही थी। पैदल सैलानी अपने कंधों

पर थरमस फ्लास्क और कैमरा लटकाए हुए अपनी धुन में बढ़े जा रहे थे। डल झील में सुबह के इस समय तक शिकारा नौकाओं की आवाजाही काफी बढ़ गई थी। बिना आवाज किए यह लंबी और पतली नौकाएँ झील की सतह पर अनायास घूमती हुईं पर्यटकों के लिए आकर्षण हैं और वेनिस के गोंडोला के सदृश हैं। पहाड़ की तलहटी तक सारा रास्ता पैदल तय करने की बजाय अशोक ने शिकारा में वहाँ तक जाने का निश्चय किया।

झील के किनारे पहुँचने पर अशोक ने एक ही खाली शिकारा पाया, जिसपर एक अजीब सूचना पट टँगा हुआ था। उस पर 'यहाँ हूँ मैं, कहाँ हो तुम' लिखा हुआ था। कुछ विमूढ़ हो अशोक उस सूचना पट को देखता रहा, फिर जोर से हँस पड़ा। सूचना पट का सही संदेश था, 'यहाँ हूँ मैं, कहाँ हो तुम।' शिकारे में चढ़ते हुए उसने नाविक से कहा, ''अरे भई, क्या तुम्हें यह पट बदलकर एक नया पट नहीं लगाना चाहिए?'' शिकारे वाले ने हँसते हुए जवाब दिया, ''नहीं साहब, यह वाला बड़ा मजेदार है।''

शिकारे के भीतर रखे तकिए काफी छोटे आकार के और पतले थे। न बैठते बनता, न लेटते। उनपर अरेबियन नाइट्स की दंतकथाओं में वर्णित किसी मध्ययुगीन सुल्तान या बादशाह की भाँति घुटने मोड़कर बैठना पड़ता था। इस आरामदेह, किंतु कुछ विचित्र मुद्रा में अशोक ने अपने शरीर को तकियों पर टिका, शिकारे वाले से डल झील से होते हुए वहाँ तक चलने को कहा, जहाँ से आश्रम सिर्फ कुछ मिनट पैदल चलकर पहुँचा जा सकता था। शिकारा पानी में इत्मीनान से चल पड़ा। 'छप-छप' की उसकी हल्की ध्वनि चित्त को सहलाती हुई सी प्रतीत हो रही थी। झील के इर्द-गिर्द के पर्वत झील की सतह पर भलीभाँति प्रतिबिंबित हो रहे थे और शिकारा के जल के भीतर अपतृण के झुरमुटों के पास से गुजरने पर उनका प्रतिबिंबन-रूपी चित्र कुछ देर के लिए भग्न होता था।

कई शिकारे दूसरी ओर उद्यानों की तरफ जा रहे थे और शिकारों के नाविक एक-दूसरे का अभिवादन करते। 'राजनीतिक विवादों के बावजूद कश्मीरी बड़े खुशमिजाज लोग हैं,' अशोक ने मन-ही-मन सोचा। उसके पास से गुजर

रहे एक शिकारे में स्कूल के बच्चे सिर्फ स्विमिंग ट्रैक पहने मजे से पतवार खींचे जा रहे थे। अशोक के पूछने पर शिकारा चलाने वाले ने बताया कि यह बच्चे स्थानीय स्कूल के थे और स्वतंत्रता दिवस पर आयोजित होनेवाली अंतर्विद्यालयी जल-प्रतियोगिताओं में भाग लेने के लिए अभी से अभ्यास कर रहे थे। आगे निकलते हुए उसका शिकारा एक बड़े कश्मीरी हाउसबोट के पास से गुजरा, जो डूँगा कहलाता था। शिकारे वाले ने बताया कि ऐसे डूँगे श्रीनगर के कई हजार नागरिकों के स्थायी आवास थे। शायद उस डूँगे में रहनेवाला परिवार घूमने निकला था, क्योंकि शायद वह झेलम नदी से, जहाँ उनका यह हाउसबोट स्थायी रूप से स्थित था, अपना डूँगा चलाते हुए यहाँ आए थे।

डल झील की सुंदरता ने अशोक का मन मोह लिया। झील के विस्तीर्ण पटल को घेरी हुई निःसर्ग की अलौकिकता को वह निहार रहा था कि उसके ठीक सम्मुख शिवगिरि अपनी एकांकी गरिमा में विराजते हुए दिखाई पड़ा। पर्वत के ऊपर का पाषाण मंदिर भी रहस्यमय रूप से पृथक् खड़ा था। अशोक ने जब से उस मंदिर को देखा था, उसे लेकर विभ्रम के वशीभूत था। कुछ-न-कुछ विलक्षण है इस मंदिर को लेकर, वह सोचता रहा। शिवगिरि के उस प्राचीन देवालय को अपने भीतर क्षोभ और एक अवर्णनीय उद्वेग की अनुभूति के बिना देख ही नहीं पाता। इस शिवालय के प्रथम दर्शन पर जो दिव्यानुभूति हुई थी, उसकी पुनरावृत्ति तो नहीं हुई थी, लेकिन अशोक को प्रतीत हुआ कि निश्चय ही उसे शिवालय की ओर आकृष्ट करनेवाला कोई विशेष बंधन है। उसकी अंतर्भावना उसकी मात्रभाषा डोगरी के एक भजन में फूट निकली, जिसका हिंदी रूपांतरण इस प्रकार है—

सुन-सुन-सुन शिवशंकर
सुन शिवशंकर शीश नवावां
हे शिवशंकर शीश नवावां
अज मुझे दर्शन दे जाना।
चारों ओर मेरे घोर अँधेरा
दिल में ज्योत जागा जाना

अज मुझे दर्शन दे जाना।
भवसागर तषधलठसथर डोले
नैया मेरी पार लगा देना
अज मुझे दर्शन दे जाना।
प्रेम मिलन की आस पुरानी,
आशा यह पूरी कर देना
अज मुझे दर्शन दे जाना।

गीत की कोमल ताल के मंद पड़ने के साथ ही अशोक को किसी विलक्षण रहस्योद्घाटन के प्रवेशद्वार पर स्थित होने की अनुभूति हुई। उसके आसपास के पर्वत, झील पर हौले-हौले चल रहा शिकारा, पानी को सहलाते हुए उसके चप्पू, सामने स्थित गगनस्पर्शी शिव मंदिर और उसके अपने स्वर का ठहराव; सब मिलकर एक सम्मिलित अनिर्वचनीय अनुभूति बन गई। कुछ क्षणों के लिए अशोक ने स्वयं को इस संपूर्ण परिदृश्य से अव्यक्त रूप से पृथक् पाया और एक अदृश्य शक्ति के हाथों झील के पार ले जाया जा रहा महसूस करने लगा। शिवजी की स्तुति में उसका गीत भी अनायास ही उसके भीतर से उद्भूत हुआ लग रहा था। शिकारा चलानेवाले के बोल पड़ने पर ही उसकी यह जाग्रत् समाधि टूटी।

"हम डल गेट के करीब पहुँच रहे हैं, साहब। आप पार जाना चाहेंगे या यहाँ नेहरू पार्क मोड़ पर उतरेंगे?"

नेहरू पार्क झील में एक टापू था, जिसमें हाल ही में एक पार्क और रेस्तराँ बनाए गए थे। यह जगह जल्द लोकप्रिय हो चली और हमेशा लोगों से भरी रहती थी। अशोक ने पार्क के सामने के चौड़े मार्ग के पास छोड़े जाने के लिए कहा। शिकारा का किराया चुकाकर वह आश्रम की ओर पैदल चलकर, दस मिनटों में पहुँच गया।

पहले की ही भाँति आश्रम और उसका परिसर पक्षियों के कलरव को छोड़ नीरवता से भरे हुए थे। आश्रम का फाटक अशोक ने खोला ही था कि सामने की कुटिया के द्वार से महाराज बाहर आए। आज वह श्वेत वस्त्रों के

बजाय भगवा वेश में थे। अशोक उनके भव्य व्यक्तित्व से अभिभूत हुए बिना न रह सका।

"आओ, अशोक।" महाराज के आकाश सदृश कंठ स्वर ने अशोक का ध्यान अपनी ओर खींच लिया। उसने अपने जूते उतार महाराज की कुटिया में प्रवेश किया।

महाराज का कक्ष छोटा था, लगभग दस वर्ग फीट के परिमाप का, किंतु पूरी तरह स्वच्छ था। अधिकांश कश्मीरी ढाँचों की तरह यह कुटिया भी पूर्णत: काष्ठ-निर्मित थी। लकड़ी के तख्तों से एक विचित्र गंध फूट रही था, जिसमें कुटिया के एक कोने में रखी छोटी सी अँगीठी में हवन सामग्री से उठनेवाली गंध का भी समावेश था। कक्ष की एक दीवार से लगी हुई फर्श पर ऊन की एक मुलायम कालीन बिछी हुई थी, जिसपर गेरुए रंग से ढके हुए दो पतले तकिए थे। कुटी की दीवारें सर्वथा अनाच्छादित थीं, सिवाय शिव और पार्वती के एक भव्य चित्र के, जो महाराज के आसन के ठीक ऊपर टँगा था।

महाराज ने पद्मासन मुद्रा में अपने स्थान पर विराजकर अशोक को अपने बगल के तकिए पर बैठने का संकेत किया। उनके सामने एक अल्प ऊँचाई की चौकी रखी हुई थी। दोनों के अपने-अपने आसनों पर बैठने के बाद एक युवा साधु ने कक्ष में आकर एक छोटी सी थाली में कुछ फल चौकी पर रखे और मस्तक झुकाकर महाराज को प्रणाम किया। अशोक ने भी हाथ जोड़कर उस युवा साधु का अभिवादन किया, जिसका प्रत्युत्तर साधु ने अपना सिर हिलाकर दिया। उसकी सौम्यता से अशोक प्रभावित हुए बिना न रह सका और उस युवा मूर्ति पर उसकी दृष्टि काफी देर तक टिकी रही।

"उसका नाम मदन है।" महाराज ने कहा।

"कितना सौम्य है वह।" अशोक ने कहा, "और काफी संतुलित भी।"

"वह अपने लक्ष्य को शीघ्र प्राप्त करनेवाला है।" महाराज ने बताया।

"क्या? इतनी छोटी अवस्था में? अभी तो वह बालक ही है।"

महाराज मुसकरा पड़े, "अशोक, यह अन्वेषण केवल एक जीवन का नहीं है। कौन जाने हमें यहाँ तक पहुँचने में कितने जन्म लगे होंगे, जहाँ हम अपने

आप को आज पाते हैं?''

मदन फिर से कक्ष में प्रविष्ट हुआ था। दूध के दो प्याले चौकी पर रख, वह लौट चला।

''क्या तुम्हें दूध अच्छा लगता है?'' महाराज ने पूछा।

''हाँ, बहुत।'' अशोक ने कहा।

''लो, कुछ दूध पियो। यह अपने आश्रम की गाय का दूध है।'' महाराज ने एक प्याला अशोक को थमाते हुए दूसरे में से स्वयं पान करने लगे। दूध सचमुच बहुत ताजा और स्वादिष्ट था और उसमें एक खास पहाड़ी स्वाद का पुट भी था। अशोक ने अपना प्याला एक ही साँस में अपने भीतर उड़ेल लिया।

अपना दूध चखते हुए महाराज ने पूछा, ''कुछ और चाहिए?''

''नहीं महाराज। क्या एक सेब ले सकता हूँ?''

''हाँ, बिल्कुल। यह रही छुरी।''

अशोक ने सेब काटना शुरू किया, फिर कुछ देर बाद महाराज से पूछ बैठा, ''महाराज, कृपया मुझे यह बताइए कि मुझे कौन से आध्यात्मिक पथ का अनुसरण करना चाहिए।''

महाराज ने एक मंद मुसकान के साथ अपनी पीठ दीवार पर टिकाते हुए कहा, ''वह तो इस बात पर निर्भर है कि 'आध्यात्मिक' से तुम्हारा तात्पर्य क्या है और उस साधना से तुम क्या प्राप्त करने की अपेक्षा रखते हो।''

''मेरे पास जीवन की हर भौतिक सुविधा है, जिसकी मैं इच्छा कर सकता हूँ, लेकिन तब भी मैं संतुष्ट नहीं हूँ। किसी आवश्यक तत्त्व का अभाव सदा महसूस करता हूँ और मुझे लगता है कि केवल आध्यात्मिक विकास ही उसकी पूर्ति कर सकता है।''

''तुमने यह कैसे सोच लिया कि भौतिक वस्तु किसी को भी अधिक समय तक संतुष्टि प्रदान कर सकती है?'' महाराज ने प्रश्न किया। ''बल्कि एक न्यूनतम सीमा के पश्चात् भौतिक संपदा तो व्यक्ति की परेशानियों और कष्टों में ही वृद्धि करती है।''

''तो आखिर मुझे क्या करना चाहिए?''

महाराज कुछ देर शांत रहकर बोले, ''प्रत्येक व्यक्ति को परमात्मा को अपने तरीके से खोजना होता है। तुम्हें यह जानना होगा कि परमात्मा ही एकमात्र वास्तविकता है, जो ब्रह्मांड में प्रत्येक वस्तु के माध्यम से स्वयं को प्रकट करता है। जिन भौतिक वस्तुओं की तुम चर्चा कर रहे हो, वह भी उस परम शक्ति की वास्तविकता और अनुकंपा की ही अभिव्यक्ति है। लेकिन इसे समझने के लिए—न केवल किसी बौद्धिक प्रस्थापना के रूप में—बल्कि एक जीवंत और स्पंदनशील वास्तविकता के रूप में हमें सर्वप्रथम निम्नतर वस्तुओं की आसक्ति के बंधनों से स्वयं को मुक्त करना होगा।''

''हाँ, किंतु कैसे?''

''अपनी समस्त ऊर्जाओं—शारीरिक, मानसिक, भावनात्मक, आत्मिक, आध्यात्मिक को इस एक महान् कार्य में संलग्न करने के लिए सन्नद्ध कर। लेकिन ऐसा कर सकने से पूर्व हमें अपने लक्ष्य के प्रति पूर्णरूपेण समर्पित होना होगा। यदि तुम्हारा रवैया यह हो कि दैनंदिनी जीवन की सारी सुख-सुविधाएँ चाहिए और उसके साथ परमात्मा भी, जिसमें परमात्मा के लिए बस उतना ही समय दिया जाएगा, जितना तुम्हारे सांसारिक अस्तित्व में वे हस्तक्षेप न करें तो स्पष्टत: उच्चतर पथ तुम्हारे लिए नहीं है।''

''लेकिन क्या परमात्मा को पाने के लिए हमें सबकुछ त्यागना पड़ेगा?''

महाराज ने हँसकर अपनी भुजा स्नेह से अशोक के कंधे पर रखी। ''नहीं पुत्र, हमें सबकुछ नहीं त्यागना पड़ता है, किंतु आवश्यक होने पर सबकुछ त्यागने के लिए तैयार रहना चाहिए। तात्पर्य यही है कि यदि हमें विश्वास है कि परमात्मा ही सर्वाधिक वांछनीय है तो फिर उनकी प्राप्ति के मार्ग में शर्त पालना उचित नहीं है। इससे कुछ बनेगा भी नहीं।''

''लेकिन यदि हम सबकुछ त्यागकर चल पड़ें और बाद में पता चले कि उस पथ के अंत में कुछ भी नहीं है, तो?''

महाराज की मुखमुद्रा गांभीर्य से नहा उठी। ''यह एक ऐसा जोखिम है, जिसे आध्यात्मिक पथ पर चरण रखनेवाले प्रत्येक व्यक्ति को उठाना होगा। ऐसा सशक्त बौद्धिक प्रमाण तो कहीं नहीं है, जो हर एक को परमेश्वर के

अस्तित्व का प्रमाण दे सके। प्रारंभिक बिंदु सदैव विश्वास और भक्ति है। किंतु एक बार पथ पर दृढता से अग्रसर होने पर आध्यात्मिक गति अपने आप आने लगती है, जिससे समय के साथ सारी शंकाएँ और प्रश्न इस तरह विलीन हो जाते हैं जैसे सूर्योदय होने पर प्रात:कालीन कोहरा छँट जाता है। तुम्हारे लिए एकमात्र आश्वासन यही है कि तुमसे पहले भी अनेकों ने इस पथ का अनुसरण कर उस परम लक्ष्य को प्राप्त किया है।''

''क्या आपने लक्ष्य को प्राप्त किया है, महाराज?''

महाराज कुछ क्षणों तक अशोक को देखते रहे, फिर उनकी जोरदार हँसी फूट पड़ी।

''अरे पुत्र, हम तुम्हारी आध्यात्मिक समस्या की चर्चा कर रहे हैं या मेरी? मैंने तुमसे यह कहा कि इस अन्वेषण के लिए हमें अपनी समस्त ऊर्जाओं को सन्नद्ध करना होगा, यदि उसके प्रति हम गंभीर हैं। यदि कोई सरोवर पार कर दूसरे तट पर जाना चाहता हो तो उसे सरोवर पार करने का उद्यम तो करना ही होगा। किनारे पर खड़े होकर सरोवर कितना गहरा है अथवा उसे पार करने में कितना समय लगेगा, इसपर अनंत चर्चा करने मात्र से हम अपने लक्ष्य तक एक कदम भी बढ़ नहीं पाएँगे। उपनिषद् का कहना है, '*उत्तिष्ठ जाग्रत् प्राप्य वरान्निबोधत*'*।*हमारा समग्र अस्तित्व परमात्मा की ओर आत्मा की एक तीर्थयात्रा है। परमात्मा वह सर्वोपरि प्रकाश है, जो अपने तेज से समग्र ब्रह्मांड को प्रकाशित करते हैं। उनके अस्तित्व पर संदेह करना तो सूर्य के अस्तित्व को मानने से इनकार करने से हजार गुना अधिक मूर्खतापूर्ण है।''

''लेकिन परमात्मा है कहाँ? हम उन्हें क्यों नहीं देख सकते हैं?''

''वे सर्वत्र है, किंतु हम उन्हें देख इसलिए नहीं सकते हैं, क्योंकि हमारे चक्षु अज्ञान से ढके हुए हैं।। परमात्मा हमारे भीतर, हमारे हृदय के गहनतम गह्वरों में है। वे सूक्ष्मतम से भी अति सूक्ष्म और विराटतम से भी विराट् है। उनकी अभिव्यक्ति शब्दों में नहीं की जा सकती है। यद्यपि उनकी शक्ति से हमारी वाणी है; स्थूल आँखें उन्हें देख नहीं सकती, किंतु उनसे हमारी आँखों को देखने की शक्ति प्राप्त होती है। अपने कानों से हम उन्हें सुन नहीं सकते, किंतु उनसे

हमारे कान सुनने में सक्षम हैं, मन से उन्हें जाना नहीं जा सकता है, किंतु उनसे हमारा मन जानने योग्य बनता है। परमात्मा आनंद, शक्ति एवं प्रभुता के अक्षय स्रोत हैं। उनका तेज कोटि-कोटि सूर्यों से प्रखर और कांति कोटि-कोटि चंद्रमाओं जैसी है।''

महाराज की वाणी के साथ ही उनका संपूर्ण अस्तित्व आत्मिक ऊर्जा से आवेशित होता प्रतीत होने लगा। उनकी देह एक अंत:स्फूर्त उत्साह से स्पंदित होने लगी और उनकी आँखों में अलौकिक शक्ति कौंधती हुई दिखाई देने लगी। अशोक इतना अभिभूत हो गया कि उसकी वाणी ही नहीं फूटी। उस ऋषि के शरीर से निकलनेवाले तेजस्वी शक्तिपुंज की किरणों में वह स्वयं को बहता हुआ सा अनुभव करने लगा। फिर महाराज ने कुछ आगे की ओर झुककर अशोक की भृकुटियों के मध्य भाग को अपने अँगूठे से हल्के से दबाया। महाराज के स्पर्श से आनंद की एक ऐसी विचित्र लहर अशोक के अंतस में दौड़ गई, जिसका अनुभव उसने पहले कभी नहीं किया था। उसे अपनी सामान्य शारीरिक चेतना खोती हुई सी लगी, लेकिन साथ ही अपने भीतर एक दिव्य चेतना का उदय होता भी स्पष्टत: अनुभव होने लगा। अपने मेरुदंड से ऊर्ध्व की ओर लावे का एक उष्ण प्रवाह उसे व्याप गया और परम आनंद की लहर दर लहर उसके चहुँ ओर बहने लगी। उसका अपना नाम, इर्द-गिर्द का वातावरण और उसका सीमित अस्तित्व—सबकुछ चैतन्य के असाधारण विस्तार में विलीन होने लगा। अशोक को लगा कि संपूर्ण जगत् एक जाज्वल्यमान प्रकाश में परिवर्तित हो, उसके भीतर प्रवेश कर रहा है। उस छोटी सी कुटिया की दीवारें तो न जाने किस अनंत में अदृश्य हो गई थीं। वह स्वयं को प्रकाश और आनंद की एक निसीम उदधि में तैरता पा रहा था। समय का जैसे कोई अर्थ न रह गया हो, सबकुछ यहीं और अभी था। कुछ क्षणों, बस कुछ ही क्षणों के लिए महाराज ने दोनों भुजाओं में उसे थामकर, उसकी आँखों में गहरे झाँका था। फिर उन्होंने अपना बद्धालिंगन ढीला छोड़ा और अशोक उनकी गोदी में ढेर होकर पड़ा रहा।

अशोक इस समय प्रगाढ़ निद्रा में था। इस निद्रावस्था में वह कितनी देर था, उसे स्वयं आभास न हो पाया, किंतु जब वह उठा, अपने आप को इस प्रकार

स्वस्थ और प्रशांत अनुभव कर रहा था जैसे उसने पहले कभी नहीं किया था। कुछ देर के लिए तो उसे याद ही नहीं आया कि वह कहाँ है। कुटिया पूर्णतः एकांतमय थी। वह काफी देर तक दो गेरुए तकियों पर सोता रहा था। हड़बड़ी में उठकर अशोक ने अपनी घड़ी देखी।

शाम के छह बज चुके थे।

□

अध्याय 6

अपने कमरे के दरवाजे पर जोर से दस्तक दिए जाने की ध्वनि से अशोक की नींद टूटी। उसने आँखें मलते हुए बड़ी अनिच्छा से अपने आप को शय्या से पृथक् किया। सूर्य के प्रकाश का प्रवाह उसके कमरे में प्रवेश कर चुका था। सुबह हुई, काफी समय हो चुका था। उसने दरवाजा खोला तो सामने रमेश को खड़ा पाया। रमेश बड़ी तेजी से अंदर आकर कुछ तलाशने लगा।

''अब ऐसा क्या ढूँढ़ रहे हो?'' अशोक ने जम्हाई लेते हुए पूछा।

रमेश ने हँसते हुए कहा, ''तुम इतनी देर सोते रहे तो मुझे पूरा यकीन हो गया था कि तुम्हारे साथ कोई खूबसूरत लड़की है, जो तुम्हारे कमरे में कहीं छिपी हुई है।''

''चुप रहो।'' अशोक ने मुसकराते हुए कहा, ''गुलमर्ग का तुम लोगों ने लुत्फ उठाया कि नहीं?''

''बिल्कुल। अट्ठारह गड्ढों में से सिर्फ एक के ऊपर से गेंद उछली। बढ़िया है, नहीं?''

''उत्तम।'' अशोक ने कहा। ''क्या इस साल का राष्ट्रीय चैंपियनशिप तुम्हारे निशाने पर है?''

''है तो। वैसे सेना से उसके लिए छुट्टी मिलने की उम्मीद कम ही है। फिर भी, देखेंगे। लेकिन कल का सारा दिन तुम आखिर क्या कर रहे थे? और इतनी जल्दी सोने क्यों चले गए?''

''मैं···दरअसल मैंने कुछ समय आश्रम में बिताया और जल्दी सोने चला गया, क्योंकि मेरे सिर में जोरों का दर्द था।''

''तो तुमने सारा दिन अपने उस महान् महाराज के संग बिताया।'' रमेश की मुद्रा अब गंभीर हो चली, ''देखो, अशोक। आखिर तुम्हें हो क्या गया है? इन सब झमेलों से बाहर आकर दूसरों की तरह एक सामान्य जीवन क्यों नहीं बिता सकते? शादी कर लो भई! इससे तुम वास्तविक दुनिया में आओगे। शीला से तुम्हारे लिए कोई अच्छी लड़की ढूँढ़ने के लिए कहूँ?''

''नहीं।'' अशोक ने शांत स्वर में कहा। ''मैं औरों की भाँति नहीं हूँ, न तुम हो और न ही कोई किसी और की भाँति है। हम सभी विशिष्ट प्राणी हैं और किसी अन्य की भाँति नहीं हैं। तुम सेना वाले समझते हो कि एक करोड़ लोगों को एक तरह की वरदी पहना दी जाए तो वे सभी एक जैसे हो जाएँगे। लेकिन ऐसा नहीं होता है।''

''अरे ठीक है भई, ठीक है। शांत हो जाओ।'' रमेश अब फिर से मुसकराने लगा था। ''शादी के खिलाफ इतनी तल्खी क्यों?''

''ऐसा कुछ भी नहीं है। बस, अब जैसा हूँ, खुश हूँ।''

''लगते तो नहीं हो।''

''तो मुझसे क्या उम्मीद करते हो? सारा समय मुसकराता फिरूँ और बात-बात पर हँसी के ठहाके लगाऊँ?''

''अरे नहीं, मैं चाहता हूँ कि तुम तैयार होकर नीचे आओ और हमारे साथ नाश्ता करो।''

''बस, मुझे आधा घंटा चाहिए। तैयार होकर नीचे पहुँचता हूँ।''

नीचे शीला उनकी प्रतीक्षा कर रही थी। उसने आज नीलम रंग की साड़ी पहन रखी थी। मोतियों की एक माला उसकी सुडौल ग्रीवा को और भी सुशोभित कर रही थी। माथे पर सिंदूर की लालिमा उसके मुखमंडल की आभा को तीव्र रूप से उद्भासित कर रही थी।

विश्रांतिका में प्रवेश करते हुए एक क्षण के लिए रुककर रमेश ने अशोक से कहा, ''क्या शीला दिव्य नहीं है? वह दुनिया की सबसे सुंदर नारी है!''

''बिल्कुल है।''

शीला के निकट पहुँचते ही रमेश ने कहा, ''जानेमन, तुमने सुना, अशोक ने क्या कहा? उसे लगता है कि तुम संसार की सबसे सुंदर स्त्री हो।''

शीला ने चौंककर अपना सिर उठाया और हँसते हुए बोली, "लगता है, स्कूल में आप कविता खूब करते थे।"

"बिल्कुल करता था।" रमेश ने कहा। "बल्कि अशोक तो हमारे स्कूल का स्टार था। मानो या न मानो, किसी समय तो उसे पालग्रेव की *गोल्डन ट्रेजरी* आधी कंठस्थ थी।"

"भई मैं तो नहीं मानती।" शीला आँखों में मस्ती लिए अशोक की ओर मुड़ती हुई बोली, "आप कुछ पंक्तियाँ सुना सकते हैं?"

अशोक ने काव्यपाठ शुरू किया—

'नहीं दे सकता जिसे मनुष्य प्रेम कहता है
किंतु क्या आप स्वीकार नहीं करेंगे
वह उपासना जिससे हृदय उन्नत होता है?
और जिसका तिरस्कार स्वर्ग नहीं कर सकता है।
है सदृश नक्षत्र के लिए पतंगे की इच्छा
अथवा निशा के कल के लिए;
किसी दूर की वस्तु के प्रति आसक्ति
शोक की भूमि से उत्पन्न, हमारे लिए।'

कुछ देर के लिए शीला की आँखों की स्वाभाविक चमक कहीं विलीन हो गई, फिर लौट आई। हौले से उसने अशोक को बधाई देते हुए कहा, "आप तो सचमुच अपनी स्कूल की शान थे।"

"मैंने कहा था न, जानेमन?" रमेश अब चहक रहा था। "तुम्हें इसे गाते हुए सुनना चाहिए। यह तो हमारे स्कूल के अशोक हाउस की कोयल था।"

"सुनना तो होगा ही। आप बहुमुखी प्रतिभा के धनी हैं, सिंह साहब।"

"अरे यह क्या बात हुई? उसे अशोक कहो, समझी? यह कोई औपचारिक समारोह है क्या?"

अशोक ने उन दोनों की बात काटते हुए कहा, "नाश्ता कहाँ है? तुमने मुझसे वादा किया था।"

"आओ नाश्ता कर बाहर बगीचे में कुछ देर बैठते हैं।"

नाश्ता समाप्त कर तीनों बगीचे में जा बैठे, जो इस समय रंगों का झिलमिलाता समुच्चय बना हुआ था। तीनों एक चिनार के पेड़ की छाँव में आरामदेह कुरसियों पर बैठ डल झील से बहने वाली मंद हवा का आस्वादन करने लगे। कुछ देर तो तीनों सामने बिछे हुए नयनाभिराम दृश्य का अपनी आँखों से पान करते रहे। होटल में ठहरे दूसरे मेहमानों के बच्चे बगीचे में कलोल कर रहे थे। होटल की दोनों छतों को जोड़ता हुआ एक घासाच्छादित ढलान था, जिसपर बच्चे खेल रहे थे। दो बड़े और शानदार लैब्रडॉर कुत्ते, एक काला और दूसरा सुनहरे रंग का, सौम्य और तरल आँखों से युक्त, बच्चों के बीच क्रीड़ामयी ढंग से घूमते दिखाई दिए।

रमेश को बातचीत शुरू करने में अधिक देर न लगी। वह गुलमर्ग के गोल्फ कोर्स के लच्छेदार वर्णनों में तुरंत डूब गया।

''अरे यार अशोक, तुम्हें हमारे साथ चलना चाहिए था।'' उसने कहा। ''क्या तुम गोल्फ कभी नहीं खेलते?''

''दिल्ली में खेल लेता हूँ कभी-कभी।''

''फिर तो तुम्हें गुलमर्ग में एक बार जरूर खेलना चाहिए। वह जगह तो जैसे इस दुनिया की है ही नहीं। गोल्फ कोर्स एक बहुत ही शानदार पठार के ढलान पर बसा हुआ है। एक ओर तो चीड़ के जंगल से ढका हुआ है, जिसपर बर्फ की चादर सी बिछी हुई है। गेंद पर जोर का शॉट लगाने पर उसे हम इस अद्‌भुत पृष्ठभूमि पर अंतरिक्ष की ओर उड़ते हुए देख सकते हैं।''

शीला अब हँस पड़ी, ''जानेमन, कुछ दिन और कश्मीर में रहोगे तो तुम भी कवि बन जाओगे।''

अशोक उससे संबोधित होकर बोला, ''क्या आपको भी गुलमर्ग अच्छा लगा?''

''जी, बहुत। दरअसल रमेश वहाँ रात रुककर आज फिर खेलना चाह रहे थे, लेकिन वहाँ होटल में कमरा नहीं मिला। वह जगह तो बहुत खूबसूरत है, लेकिन मुझे फिर भी यही स्थान ज्यादा भाता है। यहाँ का दृश्य देखिए तो कितना उत्कृष्ट है। मुझे कल्पना ही नहीं थी कि इतना सुंदर कुछ हो भी सकता है।''

"इतना सुंदर तो कुछ हो भी नहीं सकता है, प्रिये।" रमेश ने कहा।

अशोक कुछ आगे झुककर बोला, "मैं सहमत नहीं हूँ।"

रमेश ने झट से प्रश्न किया, "क्या मतलब है, सहमत नहीं हो? अब भला इससे अधिक सुंदर क्या हो सकता है?"

"कोटि-कोटि सूर्यों का प्रकाश, कोटि-कोटि चंद्रमाओं की कांति।" अशोक ने कहा।

"तुम्हारे महाराज ने कहा होगा?" रमेश ने पूछा।

"हाँ, कहा तो…" अशोक का सपाट सा उत्तर था।

"कुछ कहूँ?" रमेश ने आगे कहा।

"हाँ बिल्कुल।"

"दिल्ली पहुँचने के बाद तुम्हें किसी अच्छे मनोचिकित्सक से अपनी जाँच करवा लेनी चाहिए।"

अशोक ने बस मुसकराकर इतना ही कहा, "मुझे कुछ चिट्ठियाँ लिखनी हैं, इसलिए मैं तो आप प्रेमी युगल को यहीं छोड़ चलता हूँ।"

अशोक उठकर जा रहा था कि रमेश ने पीछे से आवाज लगाई, "सुनो, तुम हमारे साथ परसों पहलगाम चलने का वादा कर चुके हो और मैं तुम्हें अपने वादे से मुकरने नहीं दूँगा। वरना सारा रविवार अपने उस रहस्यमयी आश्रम और महाराज के साथ ही बिताओगे।"

"और कल हम सभी खरीदारी पर निकलेंगे!" शीला ने अपनी ओर से जोड़ दिया।

"ठीक है भई, मैं चल पड़ूँगा।" अशोक ने कहते हुए अपने कमरे की ओर रुख किया।

बहुत प्रयत्न करने पर भी अशोक पिछले दिन महाराज से हुए अद्भुत साक्षात्कार के उपरांत उसके आभ्यंतर को आप्यायित करनेवाली अवास्तविकता के आभास को उतार पाने में समर्थ नहीं था। कल उसने जिस परमानंद का अनुभव किया था, उसने उसके मन में सर्वथा नए लोकों का उद्घाटन किया था। यद्यपि स्वामीजी ने ऐसे लोकों की चर्चा पहले की थी, अशोक ने उनके

अस्तित्व पर आज से पहले कभी विश्वास नहीं किया था। हाँ, वह कई वर्षों से ऊर्ध्वचैतन्य अनुभवों के बारे में पढ़ता आया था, विशेषकर लंदन से अपनी वापसी के बाद। वह स्वयं भी ऐसी किसी ऊर्ध्वचैतन्यकारी अनुभूति का इच्छुक था। अब श्रीनगर पहुँचने के पश्चात् उसे एक ऐसे व्यक्ति का सान्निध्य प्राप्त हुआ था, जो सचमुच श्रेष्ठ था। जिसका स्पर्श मात्र अशोक की संपूर्ण संरचना को एक दिव्य रहस्योद्घाटन के भँवर में प्रेषित करने में सक्षम था।

कल शाम से अशोक अपने भीतर विद्यमान एक नए आयाम के प्रति जागरूक होने लगा था। यह उसकी चैतन्य अवस्था की परतों के नीचे अत्यंत ही कोमलता से स्पंदन कर रहा था। प्रातःकाल जब अशोक शिवजी की उपासना करने बैठता, तब उसे अपनी मेरु के मूलाधार में एक हल्की थरथराहट महसूस होती और उसका देह क्षेम आह्लाद से नहा जाता था। स्वामीजी ने उसे कुंडलिनी के रहस्य के बारे में बताया था। कुंडलिनी की शक्ति प्रत्येक मनुष्य शरीर में सर्प की भाँति कुंडली जमाकर सोई रहती है और अपने प्रताप का विस्तार करने के लिए अनुकूल क्षण की प्रतीक्षा में रहती है।

लेकिन आशंका ने भी अशोक के मन-मस्तिष्क को घेर रखा था। यह उस दिव्यानुभूति से उसका प्रथम साक्षात्कार था, जो महाराज से उद्भूत होनेवाली विपुल आत्मिक शक्ति के माध्यम से उसे स्पर्श कर गया था। उसे इस बात का भान हो चला था कि वह अपने जीवन के एक सचमुच निर्णायक बिंदु पर शीघ्रता से पहुँच रहा था। यह एक ऐसा चौराहा था, जहाँ से उसे यह निर्णय करना था कि वह अपनी पुरानी जिंदगी जीना जारी रखता अथवा सर्वथा नया मार्ग चुनता। अशोक को सदा ही आध्यात्मिक निश्चितता की इच्छा थी और अब उसकी प्राप्ति की संभावना दृष्टि में थी। किंतु···और अशोक को इस बात का पूरा विश्वास था—इस पथ के अनुसरण का मतलब होता, अपने पिछले जीवन से स्वयं को पूरी तरह काट लेना। अपनी माँ, रमेश या शीला और अपना अहंभाव, केंद्रित अस्तित्व; सभी को त्यागना अनिवार्य था। यह भयभीत करनेवाली संभावना थी। महाराज जैसे एक गुरु के मार्गदर्शन के साथ भी इस विराट् अज्ञात में कूद पड़ने का साहस उसमें है या नहीं, अशोक अभी भी अनिश्चित था। सारा

जीवन सही गुरु की तलाश में व्यतीत हुआ था और किसी सच्चे गुरु के अस्तित्व को लेकर भी अशोक अब तक संशयग्रस्त रहा था, किंतु अब जब सच्चा गुरु उसे मिला था, अशोक ने उस पथ के अनुसरण की अपनी तत्परता को लेकर स्वयं को पुनः संदेहपाश में बद्ध पाया।

उस दिन अशोक किसी तरह रमेश से बच पाने में सफल रहा। महाराज से पुनः मिलने का बहाना बना, उसने कुछ पहले ही दोपहर का भोजन कर लिया और होटल से चल पड़ा। वह अपने विचारों के संग एकांत चाहता था और बाहर निकल उसने आज दूसरी दिशा पकड़ी। अब वह मशहूर निशात और शालीमार बागों के पास से गुजर रहा था। शताब्दियों पहले ऐश-ओ-आराम पसंद मुगल वंश के बादशाहों ने इन बागों का निर्माण करवाया था। आगे एक और बगीचा था, जो निशात और शालीमार उद्यानों की तुलना में कुछ अधिक शांत था। इसका नाम 'हरवन' बाग था। यहाँ कम लोग दिखाई पड़े। बगीचे का रखरखाव काफी अच्छे ढंग से किया गया था। विविधरंगी पुष्प पंक्तियों ने प्रवेश करते हुए अशोक का सुगंधित व स्निग्ध स्वागत किया। इस समय उद्यान में मुश्किल से चार या पाँच लोग रहे होंगे। बगीचे के बीच से गुजरते हुए अशोक ने अपने आगे पत्थर की सीढ़ियों का एक तीव्र ढलान पाया, जिसके पास 'हरवन जलाशय' लिखा हुआ एक पट लगा था। शायद यहीं से श्रीनगर को जल की आपूर्ति होती है, सोचते हुए उसने सीढ़ियाँ चढ़ी।

ऊपर पहुँचने पर अशोक आनंदवश एक हल्की साँस छोड़े बिना नहीं रह सका। ऊपर एक छोटा सा सरोवर था, जिसका सतही रंग गहरा नीला था। दाहिनी ओर पहाड़ काफी ऊँचे उठे हुए थे और सघन शंकु वृक्षों से संपन्न थे। अशोक जहाँ खड़ा था, वहाँ से ठीक सामने उससे भी ऊँची एक और हिमाच्छादित पर्वत श्रृंखला थी—अशोक के मन ने कहा कि ये ब्रह्मा, विष्णु और महेश हैं। वह स्थल शांति से परिपूर्ण था और दृष्टिपथ में एक भी मनुष्य नहीं था। झील को घेरते हुए एक तटबंध था, जिस पर अशोक विचारमग्न हो चलने लगा।

आखिर कौन सी आत्मिक नियति उसे कश्मीर खींच लाई थी? यहाँ ऐसा कुछ तो अवश्य था, जिसे वह न जाने कब से खोज रहा था। चाहे जैसे हो,

कश्मीर में वह जहाँ भी जाता, एक विचित्र शांति की अनुभूति उसके साथ रहती थी, जो दिल्ली या उसके घर प्रधानपुर में उसे कभी नहीं मिली थी। कश्मीर का एक आत्मिक आयाम था, जो आत्मा को मंत्रमुग्ध कर उसे उन्नत कर देता था। शिव प्रत्येक कण-कण के अधीश्वर हैं, इस बात का आभास उसे यहाँ के पर्वतों, सरोवरों और आकाश में भी होने लगा था। एक अदृश्य, किंतु स्पष्टतः अनुभूत समक्षता संपूर्ण घाटी में व्याप्त प्रतीत होती थी। अशोक सोचने लगा कि क्या और लोगों ने भी इसे अनुभव किया होगा अथवा यह उसके अंतःकरण से उपजी पूर्णतः व्यक्तिनिष्ठ अनुभूति थी।

महाराज ने कहा था, "हमारा संपूर्ण अस्तित्व आत्मा के उस महान् लक्ष्य की ओर एक तीर्थयात्रा ही है, जो समस्त प्रकाशों का प्रकाश है और जिसकी गरिमा शाश्वत रूप से प्रकाशमयी है।" तो क्या अशोक उस लक्ष्य के पथ पर अग्रसर हो चुका था? क्या वह उस गंतव्य के निकट पहुँच रहा था?

अचानक वह अपनी जगह ठिठका। इधर-उधर देखा, कोई भी दिखाई नहीं पड़ रहा था, लेकिन अशोक को लगा कि निस्संदेह कोई मुझे देख रहा है। उसने फिर ऊपर की ओर देखा। नीलाभ्र व्योम में स्वर्णिम वर्ण का एक राजसी गरुड़ वृत्ताकार उड़ान भर रहा था। अशोक उच्छ्वास रहित हो, उसे निर्निमेष देखता रहा। कहीं उसके साँस छोड़ने मात्र से पक्षी की व्योमक्रीड़ा में विघ्न न पड़े। उस दिव्य गरुड़ ने तीन बार झील का चक्कर काट पर्वतों के त्रिशिखर की ओर प्रस्थान किया। उसके पंख दोपहर के प्रकाश में एक सुनहरी आभा बिखेरते हुए ज्योति-वलय की रचना करते से लगे। चित्रलिखित हो अशोक अपने स्थान पर खड़ा उसे देखता रहा। जब तक वह नभराज पर्वतों की ओर उड़ते हुए एक छोटा सा बिंब मात्र रह गया, फिर दृष्टि से ओझल हो गया।

शनिवार का दिन था। अशोक, रमेश और शीला शहर में खरीदारी करने निकले। दुकानों के नाम भी अजीब थे—सफरिंग मोसेस, सुभाना द वर्स्ट, गैणिमीड आदि। झेलम नदी से लगे तटबंध पर लगभग दो मील तक दुकानें फैली थीं और कई दुकानें तो नदी के किनारे लगे हुए हाउसबोटों के अंदर ही सजी हुई थीं। चिनार के ऊँचे वृक्ष पानी में प्रतिबिंबित हो रहे थे। सजे हुए बाजार

में दुकानदार और फेरीवाले ताजी सब्जियाँ, पेपर मैश की बनी वस्तुएँ, रंगबिरंगे फूल और कढ़ाई किए हुए शॉल बेच रहे थे।

कश्मीर अब अशोक को सुखमय स्थान लगने लगा था। रमेश और शीला तो काफी प्रफुल्ल लग रहे थे। बीच-बीच में शीला चहक उठती, ''आओ इसे खरीदते हैं। वह शॉल तो देखो, है न कितनी खूबसूरत, चलो यह ले लेते हैं, वह नक्काशीदार मेजों का सेट है बड़ा प्यारा, इसे ले दो न।'' और रमेश ठंडी आहें भरकर जवाब देता, ''मत भूलो शीला, मैं साधारण वेतन वाला सेना का एक अधिकारी हूँ, कोई राजा या महाराजा नहीं।''

बिल रमेश चुकाता था, इसलिए दुकान से वही सबसे आखिर में बाहर निकलता। शीला और अशोक तटबंध पर खरीदे हुए सामानों के बैग हाथ में लिए आगे निकलते। दो-एक बार वे खरीददारों की भीड़ में खो गए और रमेश को उन्हें खोजने में कठिनाई हुई, जिससे वह चिड़चिड़ा हो जाता। दोपहर तक तीनों अलग-अलग आकार और वजन वाले ढेर सारे बैग उठाकर घूमने के बाद थक चुके थे। एक दुकान से निकल ही रहे थे कि सामने से आनेवाला एक पर्यटक शीला से टकराया, जिससे शीला के हाथ की थैलियाँ उछलकर बिखर पड़ीं।

''माफी चाहता हूँ।'' कहकर वह व्यक्ति नीचे पड़ी हुई थैलियाँ उठाने के लिए झुका, लेकिन तब तक रमेश वहाँ आ धमका। उसने उस व्यक्ति के कोट का कॉलर पकड़ उसे जबरन उठाकर गुर्राते हुए कहा, ''अंधे हो क्या? देख नहीं सकते?''

शीला भौचक्की रह गई। ''यह क्या कर रहे हो रमेश। उसने जानबूझकर नहीं किया। दुर्घटना थी, बस।''

''उसे सावधान रहना चाहिए था।'' रमेश तैश में आकर बोला।

बेचारा पर्यटक माफी माँगता हुआ वहाँ से भाग चला। अशोक ने रमेश की बाँह पर हाथ रख कहा, ''सच कहता हूँ रमेश, तुम्हें अपने गुस्से पर काबू रखना आना चाहिए।''

दोनों की आँखें एक क्षण के लिए मिलीं। फिर रमेश ने जोर से हँसते हुए

कहा, ''यार कुछ नहीं, बस शीला को कोई छूए, यह मैं बरदाश्त नहीं कर सकता।''

शीला ने बात का रुख बदलते हुए कहा, ''चलो कुछ खा लेते हैं। भोजन का समय है। मुझे भूख लगी है और मैं होटल जाने तक रुक नहीं सकती।''

कुछ गज की दूरी पर एक छोटा रेस्तराँ था, जिस पर पूरब का वेनिस—कश्मीर का सबसे बढ़िया जायका—नामक लुभावना नाम अंकित था।

''वाह!'' अशोक ने कहा।

तीनों होटल में प्रवेश कर ही रहे थे कि साँवले रंग और गठीली देह का एक व्यक्ति बाहर निकला। चेहरे से वह स्पष्ट रूप से दक्षिण भारतीय लग रहा था। अशोक को यह व्यक्ति जाना-पहचाना लग रहा था, लेकिन उसने अशोक को पहचानने का कोई भाव प्रकट नहीं किया। फिर भी अशोक को लगा कि हो न हो, उसे पहले भी कहीं देखा है।

रेस्तराँ काफी छोटा था। मुश्किल से पंद्रह के करीब कुरसियाँ रही होंगी। दरवाजे के पास की मेज चुनकर वे बैठ गए। रमेश निवृत्त होने के लिए शौचालय की तरफ बढ़ा। कुछ देर बाद फारसी टोपी पहने एक गोलमटोल व्यक्ति उनके सामने आ खड़ा हुआ। यह होटल का मालिक था।

''पधारिए! आप दोनों तो हनीमून पर आए होंगे। पूरब के वेनिस में आपका स्वागत है।''

शीला के चेहरे का रंग उड़ गया। इससे पहले कि अशोक कुछ कहे, रमेश उस मोटे से होटल मालिक के पीछे आ खड़ा हुआ। उस व्यक्ति के कंधों पर हाथ रख उसे अपनी तरफ घुमाते हुए बोला, ''सुनिए जनाब, गड़बड़ मत कीजिएगा। हनीमून पर इस महिला के साथ मैं हूँ।''

होटल मालिक बुरी तरह झेंप चुका था। सिर झुकाते हुए उसने रमेश का स्वागत करते हुए कहा, ''माफी चाहूँगा, साहब। पधारिए! आपके लिए क्या पेश करूँ?''

''सबसे पहले तो मेरे लिए कुछ बियर ले आओ। ये दोनों तो इतना तगड़ा कुछ पीते नहीं। अशोक, तुम क्या लोगे?''

''मैं तो ताजा नीबू का रस लूँगा।'' अशोक के कहने पर रमेश ने कड़वी सी शक्ल बनाई।

''मैं भी वही लूँगी।'' शीला ने हँसते हुए कहा।

''ताजे नीबू के रस के दो गिलास और मेरे लिए एक बियर। बियर बड़ा और ज्यादा-से-ज्यादा ठंडा ले आओ और हमें मेनू भी दिखाना।'' रमेश ने कुछ ऊँची आवाज में आदेश दिया।

मेनू के आने तक वे तीनों चुप रहे। कश्मीर में मिलने के उपरांत आज पहली बार उन्हें आपस में तनाव का आभास हो रहा था और तीनों ही कुछ बोलना नहीं चाह रहे थे। एक लड़का ठंडे पेय लिए आया। अशोक और शीला नीबू के रस की हल्की चुस्कियाँ लेने लगे, लेकिन रमेश ने एक ही घूँट में अपना बियर हलक के नीचे उतार दिया। अपना गिलास धड़ाम से मेज पर रख उसने एक और बियर के लिए चिल्लाते हुए आदेश झाड़ा।

कुछ क्षणों के बाद रमेश ने दोनों से संबोधित होते हुए काफी तल्खी से पूछा, ''उस गधे को यह खयाल आया कैसे कि हनीमून पर तुम दोनों आए हो?''

''रमेश, अब रहने भी दो।'' शीला ने विनती की।

अशोक अपना पेय समाप्त कर उठ चुका था।

''मुझे खास भूख नहीं है, इसलिए मैं तो चलूँगा।'' उसने रमेश और शीला से कहा। ''शाम को होटल में मिलते हैं।''

शीला की आँखों में व्यथा स्पष्ट थी। ''जाने से पहले खाना तो खा लीजिए।''

अशोक ने देखा, रमेश पथरीली आँखों से सामने घूर रहा था।

''अरे नहीं, मैं ठीक हूँ।'' उसने सहज अंदाज में कह दिया। ''मैं तो यही मानता हूँ कि तीन लोग होने से भीड़ ही होती है।''

अशोक ने 'पूरब के वेनिस' से बाहर कदम रखते हुए तटबंध पर घूम रही भीड़ में खुद को विलीन कर लिया। रमेश का मिजाज बिगड़ने लगा था और इसलिए वहाँ से जितनी जल्दी हो सके, निकलना ही उचित था। आगे किसी

चाय की दुकान में कुछ हल्का सा आहार कर अशोक ने घोड़ा-गाड़ी ले शिवगिरि तक जाने का निश्चय किया।

आश्रम पहुँचने तक साढ़े चार बज चुके थे। ताँगेवाले ने कुछ ज्यादा ही किराया माँगा था, लेकिन अशोक हुज्जत करने की मन:स्थिति में नहीं था। ताँगे का किराया चुका वह आश्रम के परिसर में प्रविष्ट हुआ। वहाँ व्याप्त दुर्लभ नीरवता ने उसे पुन: अपने प्रभाव में ले लिया। बगीचे के एक कोने में एक लघु तालाब था, जो स्पष्टत: एक जलस्रोत से उत्पन्न हुआ था। तालाब की सतह पर स्फटिकवत् स्वच्छ पानी निरंतर बुदबुदाते हुए एक छोटी सी नहर में बह रहा था। इस छोटे जलस्रोत से बहने वाले पानी के मृदु कलकल ने आश्रम की सर्वव्यापी शांति को और मुखरित किया। विपुल पर्णसमूह से सुसंपन्न एक विशाल चिनार वृक्ष इस पवित्र भूक्षेत्र के चिरायु प्रहरी की भाँति खड़ा था। उसकी परछाईं परिपूर्ण और अभंग थी। सूर्य का प्रकाश केवल परिधियों के इर्द-गिर्द ही प्रवेश कर पा रहा था, जिससे भूमि पर बिछी घास पर रोशनी की विविध संरचनाएँ उत्कीर्ण होती सी दिखाई दे रही थीं।

कुछ देर अशोक भी वहाँ खड़ा हो उस दिव्य शांति को आत्मसात् करने में प्रयासरत रहा, जो पूरे वातावरण में व्याप्त थी। फिर उसने मुख्य कुटिया के द्वार पर हल्की सी दस्तक दी।

"भीतर आओ, अशोक।"

महाराज अपने कक्ष के एक कोने में बैठे थे। उन्होंने अशोक को आकर अपने पास बैठने का संकेत किया।

"कैसे हो?"

"मैं ठीक हूँ।" अशोक ने उत्तर दिया। फिर कुछ देर बाद वह महाराज से पूछ बैठा, "पिछली बार जब हम मिले थे, तब आपने मेरे साथ क्या किया था?"

महाराज ने हल्की मुसकान के साथ कहा, "स्पष्ट है कि तुम अब आध्यात्मिक रूपांतरण के लिए तैयार हो। मेरे छूते ही तुम समाधि में चले गए।"

"वह एक अद्भुत अनुभूति थी।" अशोक ने कहा। "मैंने उमंग और परम आनंद का अनुभव किया। किंतु…" अशोक अब कुछ हिचकिचाहट में पड़

गया था।

"हाँ, हाँ, बोलो।"

"मैं किसी कारण भयभीत भी हूँ, महाराज। आप और आपकी आध्यात्मिक शक्तियों से भयभीत हूँ। उस अज्ञात में कूद पड़ने का भी भय मुझमें है।"

इस बार जब महाराज मुसकराए, वह स्निग्ध चिंता से मिश्रित मुसकान थी। उनका आनन खिल उठा था।

"हाँ, यह तो स्वाभाविक है। अध्यात्म का मार्ग सरल नहीं है। वह तीक्ष्ण और संकटों से भरा हुआ है। उपनिषदों के अनुसार यह मार्ग ब्लेड की धार की भाँति है। मूलत: इसमें अपने निम्नस्तरीय अहंकार का पूर्णरूपेण अतिक्रमण करना होता है और यहीं भय की उत्पत्ति होती है। अहंकार को इस बात का भय होता है कि अब वह अपनी मनमानी और निरंकुश एकच्छत्रता को जारी नहीं रख सकता है और उच्चतर अवस्था के प्रभुत्व और सत्य के सम्मुख उसे नतमस्तक होना ही पड़ेगा। अत: उसे वही डर लगता है, जो अंधकार के जंतुओं को सूर्य के तीव्र प्रकाश में जाने से लगता है।"

"क्या मुझे ईश्वर प्राप्त होंगे?" अशोक ने पूछा।

"यदि साहस और विश्वास के साथ तलाश करोगे तो तुम स्वयं को पाओगे। ईश्वर तो तुम्हारे हृदय के अंतरतम अवकाश में विद्यमान है। लेकिन उन्हें प्राप्त करने से पूर्व तुम्हें अहंकार की शृंखलाओं को तोड़ देना होगा, जो तुम्हें बाँधे हुए है। एक महान् कवि ने उचित ही कहा है—

संसार के परिवेश में, काल के आवेश में;
अवर्णनीय, शक्तिमान, गरिमामयी और शुद्ध
विचारक से संस्पर्शित उस अंतिम शिखर के पार
वे हैं स्थित, उनका स्थान शाश्वत।
मनुष्य का नियंता और उसका अपरिमित प्रेमी भी
हृदय के सन्निकट यद्यपि चाहिए दृष्टि भी;
हैं अंधे अपने अहंकार में और वासना के वशीभूत
अपने विचारों से आबद्ध किंतु मानते स्वयं को मुक्त भी।"

''किसकी पंक्तियाँ हैं?'' अशोक ने पूछा।

''श्री अरबिंदो की।'' महाराज ने बताया।

''मैं नहीं जानता था कि वे कवि भी थे।'' अशोक ने कहा। फिर उसने अपनी अगली जिज्ञासा महाराज के सामने रखते हुए कहा, ''लेकिन आज मैं एक और ही विषय में आपका परामर्श माँगने आया हूँ। मुझे पता नहीं…'' अशोक ने कुछ क्षण की हिचकिचाहट के बाद कहा, ''कि आप अध्यात्म से सर्वथा असंबद्ध इस समस्या में रुचि लेंगे या नहीं।''

महाराज ने आगे झुक, अशोक के कंधे पर अपना हाथ हल्के से रखते हुए कहा, ''पुत्र, हम लोगों के लिए जीवन के विविध पहलुओं में कोई अंतर नहीं है। जीवन को हिस्सों में विभाजित नहीं किया जा सकता है, जिनमें आध्यात्मिक और अन्य समस्याओं को अलग-अलग रखा जा सके। आध्यात्मिकता से असंबद्ध न तो कोई व्यक्तिगत समस्या है, न हो सकती है।''

अब की बार अशोक की मुसकराहट महाराज के प्रति कृतज्ञता से भरी थी। सचमुच, इस दिव्य संत का व्यक्तित्व सौहार्द और समझ से परिपूर्ण था। उसने महाराज से रमेश व शीला से सपने संबंधों की पूरी गाथा कह डालने का निश्चय किया, बिना कुछ भी छिपाए। अशोक बिना व्यवधान के आधे घंटे तक अपनी बात कहता रहा और महाराज शांतिपूर्वक सुनते रहे। अशोक के रुकने के बाद वह बोले—

''तुम्हारी समस्या मूलतः आंतरिक है, अशोक। रमेश और शीला से इस 'आकस्मिक' मुलाकात का यही अर्थ है कि तुम्हारे आंतरिक विकास में एक ऐसा निर्णायक बिंदु आ उपस्थित हुआ है, जो तुमसे अब स्पष्ट निर्णय की माँग कर रहा है। बाह्य संकट प्रायः भीतरी संघर्षों को ही प्रतिबिंबित करते हैं और तुम्हारा यह संकट कोई अपवाद नहीं है।''

''तो मुझे अब क्या करना चाहिए?''

''यह मैं तुम्हें बता नहीं सकता। तुम्हें ही निर्णय करना होगा। इतना ध्यान में रखो कि जो भी निर्णय तुम करोगे, तुम्हारे लिए वह अत्यंत महत्त्वपूर्ण होगा।''

महाराज झट से अपने आसन से उठते हुए बोले, ''सूर्यास्त से पहले मुझे

शिवालय पहुँचना होगा। साथ चलोगे?''

अशोक ने अपना मस्तक हिलाया, ''नहीं, आज रहने दीजिए। मुझे होटल वापस पहुँचना है। हम लोग कल पहलगाम जा रहे हैं और लौटते ही मैं पुन: आऊँगा।''

''ठीक है।'' महाराज ने कहा। दोनों अपने आसनों से उठ खड़े हुए। एक मंद मुसकान के साथ महाराज ने आगे कहा, ''निर्णय तुम्हारा और केवल तुम्हारा ही होना चाहिए, बाहरी और भीतरी दोनों ही पथों पर। मैं तुम्हारी सहायता के लिए हमेशा हूँ, लेकिन तुम्हारे लिए निर्णय करने के लिए कदापि नहीं।''

होटल में अपने कक्ष में लौटने पर अशोक ने अपने नाम की एक चिट्ठी पाई। चिट्ठी रमेश की ओर से थी।

'प्रिय अशोक,

आज दोपहर के अपने अभद्र व्यवहार के लिए शर्मिंदा हूँ। मुझे माफ कर देना। तुम्हें हमारे साथ कल पहलगाम आना ही होगा, नहीं तो हम दोनों को बहुत बुरा लगेगा।

तुम्हारा

रमेश'

चिट्ठी पढ़ने के बाद अशोक काफी देर मौन बैठा रहा। उसकी समझ में यह बात आ रही थी कि महाराज कोई साधारण गुरु नहीं हैं और अपने निर्णय स्वयं करने की कष्टप्रद अनिवार्यता से उसे नहीं बचाएँगे। कल रमेश और शीला के साथ पहलगाम चले कि नहीं, वह सोचने लगा। अंतत: उसने चलने का निश्चय किया। शायद इस यात्रा से उसके जीवन की भावी दिशा और स्पष्ट हो।

□

अध्याय 7

पहलगाम जानेवाला मार्ग पहले तीस मीलों तक एक पर्वत शृंखला के समानांतर चलता रहा। मार्ग धान और केसर के खेतों के बीच से होकर गुजर रहा था। केसर की फसल का अभी फलना शुरू नहीं हुआ था, लेकिन उनका वाहन चालक अहमद इस अलभ्य वनस्पति की प्रशंसा में अपनी वाक्पटुता का भरपूर परिचय दिए जा रहा था।

''केसर दुनिया का सबसे उम्दा पौधा है साहब, इसका इस्तेमाल चाहे खाने में, दवाई के रूप में, सेहत या फिर इबादत के लिए कीजिए।''

''लेकिन केसर है कहाँ? मुझे तो बस धान और खाली खेत दिखाई दे रहे हैं।'' रमेश बोला।

''अरे साहब, केसर तो खेतों में कुछ पहले बोया गया। अक्तूबर के महीने में ही फलेगा।''

श्रीनगर से बीस मील दूर तक पहुँचने पर उनकी बाईं ओर एक प्राचीन पाषाण मंदिर का खँडहर नजर आया। मंदिर अपनी अवशेषावस्था में भी भव्यता प्रकट कर रहा था। अशोक ने अहमद को रुकने के लिए कहा। तीनों मंदिर को देखने और तसवीरें खींचने के लिए मोटरगाड़ी से उतर पड़े।

अशोक ने उन्हें उस प्राचीन देवालय का इतिहास कुछ संक्षेप में बताते हुए कहा, ''इस मंदिर का निर्माण 9वीं शताब्दी में महान् राजा अवंतिवर्मन ने करवाया था। यह मंदिर उनके आराध्य देव शिवजी को समर्पित था, इसलिए इसका नाम अवंतीश्वर रखा गया और राजधानी का नाम भी अवंतिपुरा पड़ा।''

''तुम्हें यह सब कैसे पता है? तुम तो पहले कभी कश्मीर नहीं आए हो?''

रमेश ने पूछा।

"मैंने इसके बारे में पढ़ रखा है।"

"यही मार्तंड मंदिर है न?" शीला ने पूछा।

"नहीं मेमसाब?" अहमद बोल पड़ा। "मार्तंड और आगे है।"

"मार्तंड के बारे में तो मैंने भी सुन रखा है। यहाँ का सबसे शानदार मंदिर है, नहीं?" रमेश बोला।

"बिल्कुल है।" अशोक ने उत्तर दिया, "आशा है कि इस यात्रा में हम उसे देख पाएँगे। बचपन में उसके बारे में जबसे पढ़ा था तब से मार्तंड मंदिर को देखना चाह रहा हूँ।"

"मैं भी देखना चाहूँगी।" शीला ने कहा।

अवंतीश्वर देवालय का दर्शन कर और यथेष्ट तसवीरें खींच, तीनों फिर मोटरगाड़ी में अहमद के साथ चल पड़े। कुछ देर बाद उनकी गाड़ी ने एक कस्बे को पार किया, जिसका नाम 'बिजबिहारा' लिखा हुआ पाया। वहाँ से कुछ और आगे विशाल चिनार वृक्षों का एक उपवन पार करने के बाद एक रास्ता पहलगाम की ओर मुड़ा। यहाँ की सड़क मुख्य मार्ग जितनी अच्छी और सपाट नहीं थी, लेकिन निस्सर्ग की रमणीयता तो और भी मनोहारी थी। उनकी मोटरगाड़ी एक पर्वतीय नदी के समानांतर दौड़ती रही। अशोक और रमेश पीछे वाली सीट पर बैठे थे और शीला अहमद के साथ आगे वाली सीट पर। मोटरगाड़ी में लंबी यात्राओं में उसे मितली आने लगती थी। वह एक पुराने अंधविश्वास की भी हिमायती थी, जिसके अनुसार आगेवाली सीट पर बैठने से तबीयत खराब नहीं होती।

रमेश अचानक अशोक की ओर मुड़कर बोला, "यार अशोक, स्कूल में तो तुम काफी अच्छा गाते थे। सफर में कुछ मस्ती लाने के लिए चलो कोई गाना सुनाओ।"

अशोक ने बचना चाहा। बोला, "मुझे अब आदत नहीं रही।"

"अब रहने भी दो।" रमेश उसे यूँ ही छोड़ने के लिए तैयार नहीं था। "मैं जानता हूँ तुम्हें कई अच्छे गाने मालूम हैं। चलो अब एक सुनाओ भी।"

अशोक को सुर में आते ज्यादा देर नहीं लगी। संगीत तो उसे प्रिय था ही

और ऐसे किसी भी सफर में वह स्वभावतः गाने भी लगता। रमेश के आग्रह पर उसने मोहम्मद रफी की एक गजल सुनाई, जो एक फिल्म का गाना था—

दिल की तमन्ना थी मस्ती में, मंजिल से भी दूर निकलते;
अपना भी कोई साथी होता, हम भी बहकते चलते-चलते ।
'दिल की तमन्ना…
साथी मिला, यूँ तो मगर,
रस्ते में था चाँदी का नगर;
चाँदी की नगरी भायी उसे हम,
रह गए आँखें मलते मलते।
दिल की तमन्ना…
यादों की धूल, आँखों में है;
दामन की हसरत हाथों में है;
ख्वाबों के वीराने में तन्हा,
थक गया राही चलते-चलते ।
दिल की तमन्ना…'

अशोक का कंठ स्वर न केवल सुरीला बल्कि मधुर भी था। रफी साहब की यह गजल थी भी कुछ ऐसी दर्दभरी कि अशोक का गाना रुकने के काफी देर बाद तक भी गाड़ी में कोई कुछ नहीं बोला। हाँ, अशोक ने स्पष्ट देख लिया था कि जब वह गा रहा था, शीला के गरदन का पिछला हिस्सा लाल होता चला गया था।

उनके बीच अनायास उभर आए सन्नाटे को अंततः अहमद ने गाड़ी को एक अंधे मोड़ से घुमाते हुए भंग किया, "वाह, वाह साहब! आप तो खूब अच्छा गाते हैं।"

रमेश बोल पड़ा, "कहा था न मैंने, शीला? अशोक हमारे हाउस का स्टार गायक हुआ करता था।"

"हाँ, बहुत बढ़िया गीत है यह।" शीला ने धीमे से कहा।

"लेकिन कितना दर्द भरा। सच कहता हूँ, अशोक, तुम्हें अपने लिए कोई लड़की ढूँढ़नी ही होगी या फिर कोई तुम्हारी थी और तुमसे बिछड़ गई?" रमेश

ने कहा।

अशोक को बात टालने के लिए जबरन हँसना पड़ा, ''ऐसा कुछ नहीं है। मुझे इस गाने की धुन पसंद है, बस।''

उनकी गाड़ी इस समय घाटी में काफी आगे निकल चुकी थी। आगे का रास्ता उत्तरोत्तर संकीर्ण होने लगा था। कुछ ही देर बाद वह एक और नदी के पास से गुजर रहे थे, जो काफी बड़ी थी और जिसका बहाव भी बहुत तेज था। उस नदी का पानी दूध के रंग जैसी सफेदी लिए हुए था और वह कलकल नहीं बल्कि गर्जन करता सा प्रतीत हो रहा था।

''लिद्दर नदी, साहब। यहाँ की मशहूर नदी है।'' अहमद ने उन्हें सूचित किया।

मोटरगाड़ी एक लंबे पुल को पार कर बाईं ओर मुड़ी। घाटी का घेरा और तंग होकर दोनों ओर मुश्किल से सौ फीट रह गया था। दोनों ओर अब सिर्फ पहाड़ ही पहाड़ थे और उन्हें ऐसे घेरे हुए थे कि लग रहा था मानो उनपर किसी भी वक्त गिर सकते हैं। इसी रास्ते से वह आगे लगभग पाँच मीलों तक चलते रहे, फिर अचानक पथ चौड़ा होकर एक अत्यंत सुंदर घाटी में मिल गया। घाटी प्रायः आठ मील लंबी और तीन मील चौड़ी थी। विशाल पर्वत उन्हें सभी ओर से अब भी घेरे हुए थे। बिल्कुल अंत में एक विराट् हिमवेष्टित पर्वत श्रृंखला थी, जो एक ऊँचे शिखर तक उठ रही थी। घाटी पूरी तरह हरी थी और नदी उसके मध्य में से बहुत तेज गति से बह रही थी। उनके चारों ओर चीड़ के वन थे, जो पहाड़ों पर एक अनंत हरी चादर की भाँति बिछे हुए थे।

''वाह!'' रमेश ने आश्चर्य और उल्लासयुक्त स्वर में कहा। ''क्या दृश्य है!''

कुछ आगे एक गाँव भी बसा हुआ था, जहाँ अहमद तेजी से गाड़ी चलाते हुए उन्हें ले गया। एक बड़ी सड़क बीच में थी, जो शायद वहाँ का प्रमुख मार्ग था। सड़क के दोनों ओर कई दुकानें थीं। पर्वतारोहण की सामग्री से लेकर कश्मीरी हस्तकला की वस्तुओं तक तरह-तरह के सामान उपलब्ध थे। अशोक को आगे एक मसजिद दिखाई दी। फिर कुछ और दूर उसकी दृष्टि गई तो एक

मंदिर भी दिखा। मंदिर शिवजी का था। 'सचमुच, वे सर्वव्यापी हैं', अशोक ने सोचा।

रमेश ने अहमद से पूछा, ''हमें कहाँ रुकना चाहिए, अहमद?''

''अगर बुकिंग नहीं है तो क्लब में रुकिएगा साहब।''

अहमद गाड़ी मुख्य मार्ग के पार ले गया। शिवजी के मंदिर को भी पार करने पर एक बड़ा सा उद्यान सामने दिखाई पड़ा, जिसके प्रवेश द्वार पर 'पहलगाम क्लब' लिखा था।

''कितनी खूबसूरत जगह है यह।'' शीला बोल पड़ी। पूरे सफर में वह मुश्किल से बोली थी और अशोक के गाने के बाद तो बिल्कुल नहीं। अहमद से सामान का ध्यान रखने के लिए बोलकर तीनों गाड़ी से उतर क्लब में प्रविष्ट हुए।

क्लब की इमारत प्रीतिकर थी, लेकिन खास चित्ताकर्षक नहीं। पर्यटकों का सीजन पूरा जोर पकड़ चुका था। क्लब में काफी लोग थे और उससे लगा उद्यान भी सैलानियों से भरा था। ज्यादातर भारतीय थे, लेकिन विदेशी पर्यटकों की भी वहाँ कमी नहीं थी। अपने साथ वह तरह-तरह के कैमरे लिए हुए थे। मुख्य विश्रांतिका में एक साथ अनेक भारतीय भाषाएँ और कुछ विदेशी बोलियाँ भी साफ सुनी जा सकती थीं। पर्यटन भी कैसे अनेक समुदायों को मिलाता है, अशोक के मन में विचार आया।

रमेश ने रिसेप्शन में उपस्थित कर्मचारी से पूछा, ''क्लब में कमरे उपलब्ध हैं?''

''हाँ सर, लेकिन पता नहीं, इस समय कोई कमरा खाली है या नहीं। जरा देखूँ तो। आपको एक कमरा चाहिए?''

''एक डबल कमरा और एक सिंगल।'' अशोक ने स्पष्ट किया। बुकिंग कर्मचारी ने दराज से एक पुरानी और लगभग चीथड़े जैसी दिखनेवाली पोथी निकाली और उसका निरीक्षण करने के बाद कहा, ''साहब, अगर आप शाम तक रुक सकते हैं तो आपको दो कमरे मिल जाएँगे। एक बड़ी पार्टी आज ही शाम श्रीनगर के लिए रवाना हो रही है।''

"ठीक है।" रमेश ने कहा। "वैसे भी दिन के समय किसे कमरा चाहिए?" फिर शीला की ओर ताकते हुए बोला, "चलो दोपहर का खाना खाते हैं और फिर तय करते हैं कि बाकी दिन क्या करना है।"

क्लब के बगीचे नदी तक फैले हुए थे। बल्कि उसके सिरे पर लकड़ी के कई चबूतरे बने हुए थे, जो पानी के भीतर तक जा रहे थे। रमेश, शीला और अशोक ने वहीं कुछ जर्जर मेजों पर दोपहर का भोजन किया। वेटरों की वरदियाँ भी न जाने किस जमाने की थीं, लेकिन खाना सचमुच लजीज था। गोश्त के चार-पाँच प्रकार थे और तरह-तरह की सब्जियाँ और रायते भी मेनू में थे। रमेश ने खाने का भरपूर लुत्फ उठाया, लेकिन अशोक और शीला तो बस यूँ ही चबा रहे थे। मोटरगाड़ी में गाए उस गाने ने उनके संबंधों पर एक अदृश्य चादर फैला दी थी, जिसके बारे में रमेश को कुछ भनक भी नहीं थी।

तीसरी बार अपने व्यंजन पर हाथ साफ करते हुए रमेश ने पूछ ही लिया, "आखिर तुम दोनों को हो क्या गया है?"

शीला ने कहा, "जानेमन, तुम जानते हो मोटरगाड़ी का लंबा सफर मुझे सुहाता नहीं है।"

भोजन के दौरान वे इधर-उधर की बातें करते रहे। फिर रमेश अपनी कुरसी पीछे धकेल उठ खड़ा हुआ। "मैं हाथ धोकर यह पता करने जा रहा हूँ कि यहाँ दोपहर की गतिविधियाँ क्या हैं।" वह उठकर क्लब हाउस की तरफ बढ़ा।

रमेश को इमारत के भीतर जाते हुए शीला और अशोक ने चुपचाप देखा। शीला फिर अशोक की तरफ मुड़ी।

"आखिर तुम्हें वही गीत गाना था?" उसकी आँखों में अब आँसू भर आए थे, "अशोक…अशोक, तुम्हें इस दशा से बाहर आना ही होगा। तुम अपनी जिंदगी इस तरह व्यतीत नहीं कर सकते।"

"मैं…मैं… माफ करना।" अशोक किसी तरह बोल पड़ा। "मैंने जानबूझकर वह गाना नहीं गाया। बस यूँ ही निकल गया।" कुछ देर ठहरकर उसने आगे कहा, "बात यह है शीला कि तुमसे इतने वर्षों बाद मिलकर मैं बिल्कुल असहज

हो गया हूँ। बड़ी मुश्किल से तुम्हें खो देने की वास्तविकता को मैंने स्वीकार कर लिया था। मैंने कभी कल्पना भी नहीं की थी कि मैं फिर से तुम्हें देख पाऊँगा। यही मान बैठा किया था कि इस जीवन में हम नहीं मिलेंगे।''

''लेकिन हम मिल चुके हैं। तुम्हें अपने आपको सँभालकर इससे उबरना होगा, अशोक। मेरी कठिनाई और मत बढ़ाओ।''

अनायास ही शीला का हाथ अशोक के हाथों पर आ रुका। उसका स्पर्श कोमल और स्नेहयुक्त था, किंतु अशोक ने झट से अपना हाथ खींच लिया।

''माफ करना, शीला।'' उसने सखेद कहा। ''इस तरह रूखा होना मेरा आशय कतई नहीं था।''

इससे पहले शीला कुछ कहे, रमेश उनकी मेज की ओर प्रसन्नतापूर्वक हँसते हुए आता हुआ दिखाई पड़ा।

''जानते हो, यहाँ भी एक गोल्फ कोर्स है। यहाँ के बंदे का कहना है कि यह कोर्स नया है और उसमें सिर्फ नौ छेद हैं, भई मैं तो चला। यह भी पता चला है कि मार्तंड यहाँ से बस दो घंटे की दूरी पर है। अशोक, तुम शीला को लेकर मार्तंड क्यों नहीं हो आते? मैं तो दोपहर इस गोल्फ कोर्स में बिताऊँगा।''

''नहीं रमेश, मैं तुम्हारे साथ घूमना चाहती हूँ।''

''क्या बकवास कर रही हो? मैं जानता हूँ तुम प्राचीन मार्तंड मंदिर देखने के लिए कितनी उत्सुक रही हो। हो सकता है, तुम्हें फिर मौका न मिले। याद रखना, तुम्हारी शादी सेना के अधिकारी से हुई है और अशोक जैसा विद्वान् मार्गदर्शक भी तुम्हें नहीं मिलेगा।''

''मैं शीला को मार्तंड जरूर घूमा लाता, लेकिन आज मेरा मन नहीं है।''

रमेश अब रुष्ट हो चला था। ''मेरी समझ में यह नहीं आ रहा है कि आखिर तुम दोनों इतने जिद्दी क्यों हो रहे हो। मुझे गोल्फ खेलना पसंद है और अहमद एक बढ़िया कैडी (गोल्फ में खिलाड़ी की गेंद) लेकर आनेवाला है। अब चुपचाप शीला को मार्तंड घुमा लाओ और ज्यादा बहस मत करो, समझे?''

अशोक को लगा उसका मुँह सूख रहा है। ''अब तुम इतना जोर दे रहे हो तो...''

''हाँ, दे रहा हूँ। अब तुम दोनों तुरंत निकलो, ताकि रात के खाने से पहले

वापस आ सको।''

पहलगाम से टैक्सी उपलब्ध थी। अशोक और शीला ने मार्तंड के लिए एक गाड़ी कर ली। दो घंटों में वे अपने गंतव्य तक पहुँच चुके थे। अपनी टैक्सी को कुछ दो सौ गज की दूरी पर छोड़ दोनों ने सीढ़ीदार खेतों को पार कर एक अत्यंत प्राचीन और विशाल खँडहर में प्रवेश किया। यह प्राचीन मार्तंड मंदिर का अवशिष्ट ढाँचा था। उसे देख शीला एक उद्वेग भरी आह रोक न पाई।

मार्तंड संभवत: भारत का सर्वाधिक शानदार खँडहर है। कुख्यात इसलामी हमलावर सिकंदर बुतशिकन के हाथों उसके भीषण विनाश से पहले यह देवालय उड़ीसा के कोणार्क मंदिर के साथ सूर्यदेव को समर्पित, सबसे दैदीप्यमान मंदिर रहा होगा। उसके खँडहर भी उसकी रचना की भव्यता और वैभव को प्रकट कर रहे थे। उसके निर्माण में उपयोग किए गए विशाल एक पाषाण स्तंभ और मंदिर की रचना के उत्कृष्ट अनुपात स्पष्ट दृष्टिगोचर थे। मंदिर के प्रांगण में अनेक विशालकाय मिट्टी के बरतन थे, जो किसी समय भरपूर फसल के बाद अन्न के भंडारण के लिए उपयोग में लाए जाते थे।

''कितना सुंदर है यह मंदिर।'' शीला ने मौन भंग करते हुए कहा। ''इसके विनाश से पहले कैसा रहा होगा यह।''

अशोक ने उत्तर में कुछ नहीं कहा। वे दोनों प्रांगण में पड़े एक विशाल पाषाण स्तंभ पर बैठ गए। उन दोनों के बीच एक अकथनीय चुप्पी थी, जिसमें दोनों ही काफी देर तक कुछ भी कहने में अपने आप को असमर्थ पा रहे थे। अंतत: शीला ने ही पहल की।

''अब आगे क्या करें?''

पहलगाम से टैक्सी में पूरे सफर के दौरान अशोक जरा भी नहीं बोला था। वह अपने भीतर के ऊहापोह से रस्साकशी कर रहा था। क्या कहे, क्या न कहे, उसे कुछ सूझ नहीं रहा था। आज शीला उसके निकट थी। अशोक को वर्षों पहले शीला के लिए अपने उत्कट प्रेम और तीव्र उत्कंठा का स्मरण हो आया। लंदन में उसके लिए कितना तड़पा था वह। उसके बिछड़ने पर उसका जीवन कुछ समय तक कैसा शून्यवत् हो चला था। आज शीला उसके इतने करीब थी,

लेकिन पहुँच से बहुत दूर!

शीला की ओर मुड़कर अशोक बोला, ''रमेश को किसी भी हाल में हम दोनों के बारे में पता नहीं चलना चाहिए। वह आग बबूला हो जाएगा। उसका गुस्सा एक बार पहले भी झेल चुका हूँ।''

''मुझे बताओ अशोक, आखिर तुम दोनों के बीच स्कूल में क्या हुआ था? वह तुम्हारे बारे में बातें तो खूब करता है, लेकिन पूरी बात कभी नहीं बताता है।''

अशोक ने स्कूल वाला सारा वृत्तांत शीला को बताया। उसने उस त्रासद रात की बात भी विस्तार से बताई, जब दोनों मित्रों के बीच उस एक क्षण की भीषण गलतफहमी से अशोक का बाल्य संसार उस दिन ढहकर चकनाचूर हो गया। जब अशोक का विवरण समाप्त हुआ, दोनों के नेत्र अश्रुपूरित हो बह रहे थे।

''अशोक...अशोक, क्या कहूँ मैं? रमेश वैसे तो एक प्रशंसनीय आदमी है, लेकिन जब उसे गुस्सा चढ़ जाता है, तब संतुलन तो उसमें न के बराबर रहता है।''

''क्या तुम्हारे साथ भी उसने कभी ऐसा कुछ किया है?''

''नहीं, लेकिन मैंने उसे गुस्से से पागल होते हुए देखा जरूर है। कल रेस्तराँ में उस बेचारे आदमी पर वह कैसे टूट पड़ने को तैयार था, वह तो तुमने देखा। यदि उसे पता चल गया कि हम दोनों पहले से परिचित थे और एक-दूसरे से प्रेम भी करते थे तो वह तो क्रोध से पागल हो जाएगा।''

''शीला, उसे किसी भी हाल में पता नहीं चलना चाहिए। मुझे निर्णय करने के लिए बस दो या तीन दिन और चाहिए। उसके बाद मैं होटल छोड़ दूँगा, चाहे दिल्ली वापस जाऊँ या न जाऊँ।''

शीला चौंक पड़ी, ''क्या मतलब है, अशोक? यह क्या कह रहे हो?''

''यही कि मेरा जीवन अब एक अत्यंत महत्त्वपूर्ण बिंदु पर पहुँच रहा है। कवि रॉबर्ट फ्रॉस्ट की पंक्तियाँ शायद तुमने सुनी होगी—

कभी न जाने कितने वर्षों बाद,
कहूँगा मैं एक आह के साथ;

दो पथ मिले बीच सघन वन,
और मैंने किया उस पथ का चयन
जिसपर पड़े कम ही चरण
और उसी ने सार्थक किया जीवन।''

शीला ने हौले से अशोक के हाथ का स्पर्श किए। ''तुमने कौन सा पथ चुनने का फैसला किया है, अशोक?''

अबकी बार अशोक ने अपना हाथ खींचा नहीं बल्कि शीला की हथेली पर अपना दूसरा हाथ रख दिया।

''शीला, मैं एक तीव्र आध्यात्मिक संवेग अनुभव करने लगा हूँ। महाराज से मिलकर यह और सशक्त होने लगा है। मैंने संसार को त्यागकर उनके साथ जाने का निश्चय कर लिया है। महाराज भगवान् शिव का सान्निध्य पा चुके हैं और उन तक जाने का मार्ग भी जानते हैं। मैं उनके साथ पृथ्वी के अंतिम छोर तक यात्रा करने के लिए तैयार हूँ। यह सांसारिक जीवन अब मेरे लिए नहीं है। मेरा लक्ष्य अंतत: मेरी दृष्टि में है और वह उस पर्वत के शिवालय में है।''

काफी देर तक अशोक और शीला मौन को आत्मसात् करते रहे। दोनों ही मार्तंड मंदिर के उस विशाल खँडहर में एकांत में थे। पार्श्वभूमि में घाटी थी।

अंतत: शीला बोल पड़ी, ''ठीक सोचा है तुमने। यदि तुम्हें यही उचित लग रहा है और इस दिशा के बारे में दृढ हो तो तुम्हें यही करना चाहिए।''

अशोक ने उसकी ओर एक कृतज्ञता भरी दृष्टि डाली।

''हमें अब लौटना चाहिए, अशोक। अन्यथा रमेश को शक करने में देर नहीं लगेगी। आदमी प्यारा है, लेकिन उसका मिजाज ज्वालामुखी जैसा है।''

पहलगाम क्लब लौटने तक अँधेरा होने लगा था। रमेश क्लब के बगीचे में व्हिस्की और सोडा लिए बैठा था। देखने से साफ पता चल रहा था कि वह सड़े हुए मूड में था।

''कमबख्त जगह है यह।'' उसने ऊँची आवाज में कहा। ''इन लोगों की मजाल है कि इस सड़ी हुई जगह को गोल्फ कोर्स कहें। अरे यह तो एक बीहड़ पहाड़ी भर है, जिसमें हर सौ गज में कुछ छेद किए गए हैं। चार गेंद खो गए और फिर मैंने बस हाथ जोड़ दिए।''

"रमेश, अब इसकी तुलना गुलमर्ग से तो नहीं कर सकते हो, जहाँ का गोल्फ कोर्स अंतरराष्ट्रीय स्तर का है।"

रमेश का मुँह कड़वा हो चला था। अब झल्लाते हुए उसने पूछा, "आखिर तुम दोनों को इतनी देर क्यों हुई? मैं यहाँ घंटों से अकेले बैठा हूँ।"

उसने काफी पी रखी थी। उसकी आवाज रोज की तुलना में ज्यादा ऊँची हो चली थी और कुरसी से उठ क्लब के भोजन कक्ष की ओर चलते हुए उसके कदम भी लगभग लड़खड़ा रहे थे।

"मार्तंड यहाँ से काफी दूर है, रमेश।" अशोक ने स्पष्टीकरण दिया।

"तुम्हें जगह पसंद आई, जानेमन?" रमेश ने शीला से पूछा।

"बिल्कुल!" शीला ने कहा। "अब तक मैंने जो स्थान देखे हैं, उनमें यह सबसे बढ़िया है, हालाँकि अशोक का कहना है कि श्रीनगर का शिवगिरि उससे भी बढ़िया है।"

अशोक ने कहा, "मुझे तुम दोनों को वहाँ ले जाना होगा, भले ही यह मेरा आखिरी काम हो।"

"शायद हो भी।" रमेश बोल कम और गुर्रा अधिक रहा था। "अब चलो भी! कुछ खाना खाते हैं और सो जाते हैं। कल सुबह नाश्ते के बाद हम श्रीनगर लौटेंगे। याद रहे, कल कश्मीर में हमारा आखिरी दिन है। सोमवार को हम दिल्ली लौट चलेंगे।"

□

अध्याय 8

अशोक उस रात स्वप्न संसार में चला गया। अशोक के स्वप्न हमेशा से ही बड़े उर्वर हुआ करते थे और प्राय: एक ही रात में पूर्णप्रकरणीय सत्रों की तरह खिंचते। स्वामीजी ने उससे अपने स्वप्नों पर विशेष ध्यान देने के लिए कहा था। विशेषकर, उन सुस्पष्ट स्वप्नों पर, जो हमें जागने के बाद भी काफी देर तक स्मरण रहते हैं। स्वामाजी के अनुसार ऐसे स्वप्न हमारे आंतरिक जीवन की वास्तविक दिशा के बारे में महत्त्वपूर्ण सुराग देते हैं, जिसे चेतन मन प्राय: दमित रखता है। स्वप्नरूपी संकेतों को ठीक से पढ़ने के लिए एक कुशल व जानकार मार्गदर्शक की आवश्यकता होती है। अशोक ने अपने अनेक स्वप्नों के विवरणों को लिपिबद्ध कर स्वामीजी को भेजा था और उन्होंने अपनी अत्यंत भेदक टिप्पणियाँ अशोक को ज्ञापित की थीं।

उस रात पहलगाम में तीनों रुके थे। शय्या पर अपनी देह को टिकाने के बाद अशोक को निद्रावस्था और फिर स्वप्नलोक में विचरण करने में अधिक देर नहीं लगी। सपने में उसे लिद्दर नदी के बहाव की तेज ध्वनि साफ सुनाई दी और उसने स्वयं को एक विशाल और अदम्य नदी के तट पर पाया। प्रतीत हो रहा था कि नदी एक विशाल समतल भूमि में बह रही थी, लगभग रेगिस्तान जैसी। बिना किसी पूर्वसूचना के अशोक ने अपने आप को इस सुनसान प्रदेश में पाया, जहाँ उसे केवल वह तेज बहने वाली नदी दिखाई दे रही थी। उसने अपने इर्द-गिर्द देखा, किंतु कहीं भी कोई पुल या नौका दिखाई नहीं दे रही थी। अशोक सोचता रह गया कि इस अंतहीन सी लगनेवाली नदी को आखिर वह पार कैसे करेगा। उसके मन को यह भय जकड़ने लगा कि कहीं उस अज्ञात

मरुप्रदेश के इस तट पर वह सदा के लिए फँसकर रह जाएगा।

यकायक अशोक ने दो व्यक्तियों को तट से होते हुए उसकी ओर आते हुए देखा। उनमें से एक का आकार दूसरे की तुलना में काफी बड़ा था। वह आपस में गहन वार्त्तालाप कर रहे थे। उन दोनों के निकट आने पर अशोक ने आश्चर्य से देखा; वे महाराज और मदन थे। महाराज भगवा वस्त्रों में थे और उनकी सघन केशराशि हवा में उड़ी जा रही थी, जो इस समय उनके तेजस्वी मुखयमंडल के चारों ओर एक स्वर्णमयी आभा बनाती सी लगी। मदन श्वेत वस्त्रों को धारण किए हुए था और अपने स्वामी के साथ सहज चाल से आगे बढ़ रहा था। दोनों पर जैसे अशोक की उपस्थिति दर्ज ही नहीं हुई थी। उसे देखे बिना ही दोनों आगे बढ़ते चले गए। अशोक ने उन दोनों को आवाज लगाने का प्रयत्न किया, किंतु उसके कंठ से स्वर ही नहीं फूट रहा था।

महाराज और मदन अशोक के पास से गुजरे और फिर एकाएक अदृश्य हो गए। अशोक अत्यंत व्याकुल हो उठा। वह उस वेगधारा के तट पर उन दोनों को पुकारते हुए दौड़ता हुआ गया, लेकिन वे दोनों कहीं दिखाई नहीं दे रहे थे। अशोक के दु:ख की कोई सीमा न रही। वह भूमि पर गिरकर क्रंदन करने लगा। उसी क्षण उसे अपनी पीठ पर किसी का घिसता हुआ स्पर्श महसूस हुआ। चौंककर देखने पर उसके सिर के ऊपर वही स्वर्णिम गरुड़ था, जिसे उसने 'हरवन' में दो दिन पहले देखा था। गरुड़ ने तीन बार उसके सिर के ऊपर चक्कर काटा और फिर आगे उड़ने लगा, मानो अशोक को उसका अनुसरण करने का संकेत दे रहा हो। अशोक अब उस दिव्य गरुड़ के पीछे दौड़ने लगा। अंधाधुंध, अथक और अबूझ दौड़। सरिता के तट पर अनगिनत पत्थरों और बड़े पाषाणों से टकराता हुआ, गिरता-पड़ता हुआ वह उस गंतव्य की ओर दौड़ रहा था, जो उसे बलात् अपनी ओर खींचता सा प्रतीत हो रहा था। और तब उसने अपने सामने एक बहुरंगी संकीर्ण सेतु को देखा, जो आकार में इंद्रधनुष सदृश लग रहा था। वह प्रकाशमयी पुल उस विशाल नदी पर एक वृत्त की भाँति फैला हुआ था। महाराज और मदन अभी भी आपस में बातें कर रहे थे और उस सेतु को आधा पार कर चुके थे।

अशोक उनका पीछा करने को उद्यत हुआ, लेकिन इतने में उसके पीछे से

एक मोटरगाड़ी की ध्वनि सुनाई पड़ी। गाड़ी उसके पीछे से तेजी से चली आ रही थी और धूल उड़ाए सरपट दौड़ रही थी। पास आने पर अशोक ने देखा कि वह एक लैंड रोवर है। उस वाहन का चालक रमेश था और शीला उसके साथ आगे वाली सीट पर बैठी थी। पीछे वाली सीट पर दो बड़े लैबेडॉर कुत्ते थे, एक काला और दूसरा सुनहरे रंग का। दोनों श्वान अशोक से कुछ कहने की कोशिश कर रहे थे, लेकिन उनके शब्द समझ से परे थे, मानो वे किसी विदेशी भाषा में बोल रहे थे। अशोक अपने हाथों में एक बस्ता लिए हुए था, जो उसने वहीं पटक दिया और पूर्ण निर्वस्त्र होने तक अपने सारे कपड़े भी एक-एक कर उतार फेंके। फिर वह उस प्रकाशमयी सेतु की ओर दौड़ पड़ा। उसने देखा कि सेतु मंद से मंदतर होता जा रहा है। महाराज और मदन पुल को पार कर दूसरे तट पर पहुँच चुके थे। वह विराट् गरुड़ एक बार फिर उसके पास से उड़ता हुआ निकला, जैसे अशोक को और गति से वहाँ पहुँचने के लिए प्रेरित कर रहा हो। अब उसे नदी का गर्जन अपने कानों में विस्फोट करता हुआ सा सुनाई दे रहा था। जल की ठंडक उसके शरीर को कंपाए जा रही थी। अपनी बची-खुची शक्ति को समेट अशोक ने तेजी से अदृश्य हो रहे सेतु की दिशा में एक छलाँग लगाई।

"अशोक उठो, उठो।" अशोक ने अपने कानों में जोर की आवाज सुनी। कुछ क्षणों के लिए उसे लगा जैसे वह बेहोशी की अवस्था से उबर रहा है। यह भी स्पष्ट नहीं था कि वह सोया है या जागा। फिर उसने अपने केश में रमेश की हथेली का स्पर्श महसूस किया। "अरे उठो भी, अशोक। क्या हुआ? तुम ठीक तो हो न?" रमेश का स्वर चिंताकुल था।

अशोक ने अपने मस्तक को झटका और घड़ी देखी। सुबह के तीन बजे थे।

"रमेश, तुम यहाँ क्या कर रहे हो?"

"मैं क्या कर रहा हूँ? पहले बताओ तुम्हें क्या हो गया है? नींद में ऐसे चिल्ला रहे थे कि बगल वाले कमरे में हमें लगा कि तुम पर कोई बड़ी आफत आई है। शीला ने मुझे आकर देखने के लिए कहा कि मामला क्या है। तुम ठीक

तो हो न?''

''माफी चाहता हूँ रमेश, तुम दोनों की नींद खराब कर बैठा। मुझे कोई सपना आया होगा। लेकिन चिंता न करो, मैं ठीक हूँ।''

एक क्षणिक आवेग के वशीभूत हो रमेश ने झुककर अशोक के माथे पर एक चुंबन अंकित कर कहा, ''अच्छा अशोक, शुभ रात्रि।'' बाहर जाते हुए उसने बत्ती बुझा दी।

रमेश के इस आवेगपूर्ण अनुराग से द्रवित हो अशोक काफी देर तक जाग्रत् दशा में अपनी शय्या पर लेटा रहा। कुछ क्षण पूर्व देखा गया स्वप्न अभी भी उसकी स्मृति में यथावत् था और इस बार उसके मन पर स्वप्न का अर्थ उद्घाटित करने के लिए स्वामीजी की भी आवश्यकता नहीं थी। निरंतर और शाश्वत रूप से बहने वाली काल की उपद्रवी नदी को यदि पार करना था तो उसके लिए अपना वर्तमान जीवन पूरी तरह त्यागकर महाराज के साथ चलना अनिवार्य था। अपनी नौकरी, मित्र, रमेश और शीला के साथ उसके संबंधों और सबकुछ उसे छोड़ना ही था, और वह भी यथाशीघ्र। अन्यथा उसे इस संसार के पार ले जानेवाला पुल सदा के लिए अदृश्य हो जानेवाला था और वह न जाने कितने जन्मों तक भवसागर के चक्र में फँसा रह जाता।

भोर में उठकर तीनों तैयार हुए और नाश्ता कर लगभग दस बजे तक श्रीनगर के लिए रवाना हुए। दोपहर के एक बजे तक उन्हें अपने होटल लौटना था। अपने निश्चय को क्रियान्वित करने के लिए अशोक महाराज से एक बार और मिलना चाह रहा था और दोपहर तक आश्रम के लिए निकल जाना चाहता था। उसके मनोभाव को पढ़ते हुए रमेश तपाक से बोल पड़ा, ''आज दोपहर हम सभी रुस्तमजी परिवार के यहाँ चाय पर जा रहे हैं। तुम भी साथ चल रहे हो, अशोक।''

''नहीं रमेश, मुझे महाराज से मिलना है। वैसे भी ये रुस्तमजी कौन हैं? मैं उन्हें जानता तक नहीं हूँ।''

''रुस्तमजी परिवार को नहीं जानते हो? अरे यह कैसे हो सकता है?'' रमेश बोला। ''वे एक पारसी दंपति हैं, जो श्रीनगर में अपने आप में एक संस्थान

बन चुके हैं। न जाने कितने दशकों से वे यहाँ बसे हुए हैं। वह एक बड़ी डिपार्टमेंटल दुकान चलाते हैं, जिसमें लगभग हर चीज मिलती है। बड़े अच्छे लोग हैं, कश्मीरी और गैर-कश्मीरी दोनों में काफी लोकप्रिय हो चुके हैं। मेरे पिताजी उन्हें कभी सामग्री की आपूर्ति किया करते थे और तबसे उनमें अच्छी दोस्ती हुई। श्रीनगर से निकलने से पहले मैंने उन्हें फोन किया था और वह बहुत ही खुश हुए। उन्होंने मुझे बहुत छोटे में देखा था और वह मुझे अब फिर देखना चाहते हैं, खासकर अपनी बीवी के साथ।''

''ठीक है भई, ठीक है। तुम दोनों जरूर उनसे मिलने जाओ, लेकिन मुझे माफ करना। मेरा महाराज से मिलना बहुत जरूरी है।''

''सवाल ही नहीं उठता।'' रमेश ने अधिकारपूर्वक कहा। ''चाय के बाद तुम जाकर अपने इस महान् महाराज से मिल सकते हो।''

तीनों टैक्सी में श्रीनगर की ओर बढ़ रहे थे। रमेश आगे की सीट पर बैठा था, हमेशा की तरह। स्वयं गाड़ी बहुत अच्छी चलाता था और गाड़ी न भी चलाते समय पीछे वाली सीट पर बैठना उसे जरा भी पसंद नहीं था। अशोक ने एक लाचारी भरी दृष्टि शीला पर फेंकी, लेकिन रमेश ने तुरंत ताड़ लिया।

''अब शीला से फरियाद करने का कोई फायदा नहीं है, अशोक। मुझे रुस्तमजी परिवार से मिलने के लिए तुम्हें ले जाना होगा। वे बड़े प्यारे लोग हैं और तुम्हें उनकी संगत अच्छी लगेगी। श्रीमती रुस्तमजी की अंग्रेजी थोड़ी सी गड़बड़ है, लेकिन वादा करो कि तुम हँसोगे नहीं।''

''ठीक है, मैं साथ चलूँगा।'' अशोक ने हामी भरी। ''लेकिन चाय के बाद मुझे तुरंत चलना होगा, क्योंकि अंधेरा होने से पहले मैं आश्रम पहुँचना चाहता हूँ। कितने बजे उनसे मिलना है?''

''पाँच बजे। जब श्रीमान रुस्तमजी पाँच बजे कहते हैं तो उनका मतलब होता है पाँच बजे।''

न जाने अशोक को क्यों लगा कि यह सब वह पहले भी अनुभव कर चुका है, संभवत: किसी सपने में। पूर्वाभास कहें अथवा अंत:करण से उठनेवाला आभास, उसे लगा कि उसके आसन्न जीवन में रुस्तमजी परिवार का एक लघु,

किंतु महत्त्वपूर्ण हिस्सा जरूर था या होने जा रहा था। जो भी हो, यह आभास उसका पीछा छोड़ने को जैसे तैयार ही नहीं था। श्रीनगर पहुँच तीनों ने दोपहर का भोजन समाप्त किया। फिर अशोक, रमेश और शीला को पौने पाँच बजे मिलने का वादा कर अपने कमरे में चला गया।

रमेश उसे जाते हुए कुछ देर तक देखता रहा, फिर शीला की ओर मुड़ा।

''इस व्यक्ति को तो समझना मेरे बस का नहीं है।'' वह बोला, ''हालाँकि उसे तबसे जानता हूँ, जब से हम लड़के थे। उसे तकलीफ किस बात की है? आखिर अपनी नौकरी में टिका रहकर, शादी कर खुशी से क्यों नहीं रह सकता?''

''खुशी का मतलब हर व्यक्ति के लिए अलग-अलग है, रमेश।'' शीला ने कहा। ''वह आध्यात्मिक पथ के प्रति गहन रूप से समर्पित है और बाकी सबकुछ अब उसके लिए निरर्थक हो चुका है।''

''क्या उसने तुमसे यह कहा?''

''हाँ, और लगभग इन्हीं शब्दों में। उसने मुझे स्कूल की उस घटना के बारे में भी बताया, रमेश। बड़ी मुश्किल से मैंने उससे वह बात उगलवाई, हालाँकि वह उसके बारे में बात करने के लिए बड़ा ही अनिच्छुक था।''

रमेश काफी देर तक मौन रहा। ''कितना बुरा किया मैंने, कितना बेवकूफी भरा व्यवहार था वह।'' रमेश बोल उठा। ''और वह भी उस शख्स के साथ, जिसे मैं अपने भाई से भी ज्यादा प्यार करता था।''

शीला ने उत्तर में कहा, ''प्रेम और घृणा दोनों ही बहुत तीव्र भावनाएँ हैं, रमेश। उनके बीच की विभाजक रेखा हमारी कल्पना से भी महीन है। अशोक के प्रति तुम्हारे प्रेम ने ही तुमसे इतनी हिंसक प्रतिक्रिया करवाई।''

''भगवान् का शुक्र है! मैंने उसे फिर से पा लिया। मुझे तो लगा था कि अपनी जिंदगी में उससे फिर कभी नहीं मिल पाऊँगा। तुम्हें नहीं लगता शीला कि यह बड़ा अद्‍भुत संयोग था कि अशोक हमारे साथ उसी विमान में था?''

''बिल्कुल!'' शीला ने कहा, ''जितना तुम्हें लगता है, उससे कहीं ज्यादा।'' अपने ही शब्दों का तात्पर्य शीला समझ पाती, उससे पहले शब्द उसकी जिह्वा से निकल चुके थे।

''बिल्कुल याद है। चलो कुछ देर सो लेते हैं। शाम को रुस्तमजी लोगों से

मिलना है। बड़े मजेदार लोग हैं।''

अशोक, रमेश और शीला ठीक पाँच बजे रुस्तमजी के घर पहुँचे। टैक्सी ने उन्हें मुख्य मार्ग पर छोड़ा, जहाँ से वे तटबंध से होते हुए पैदल निकले। झेलम नदी के इस तटबंध पर दुकानों की एक पूरी शृंखला उग आई थी, जिसे स्थानीय लोग 'बंड' के नाम से जानते थे। समय के साथ यह श्रीनगर का सर्वाधिक शोभायमान शॉपिंग अड्डा बन चुका था। अशोक, रमेश और शीला कुछ दो सौ गज की दूरी तय कर अनगिनत सैलानियों को पार करते हुए एक आवास के द्वार पर जा रुके, जिसपर 'जे. रुस्तमजी, जनरल मर्चेंट' का पट लगा हुआ था।

''यही है वह जगह।'' रमेश ने उन्हें सूचित कर घंटी बजाई। श्रीमान व श्रीमती रुस्तमजी ने द्वार खोला और रमेश को देखते ही उसे बाँहों में भर लिया।

''बेटा, तुम तो बिल्कुल अपने पिताजी जैसे लगते हो। है न, शिरीन?''

''अजी बिल्कुल।'' श्रीमती रुस्तमजी ने सोल्लास अपने पति का अनुमोदन किया। वह एक विपुल देहयष्टि वाली, स्वस्थ फारसी महिला थीं। ''और यह सुंदर महिला जरूर तुम्हारी दुल्हन होगी।''

''जी; यह है शीला, मेरी पत्नी।''

''कितनी सुंदर है यह! इसका रंग भी आड़ू की तरह गुलाबी और बर्फ की तरह सफेद है।''

''बर्फ नहीं, दूध कहो।'' उनके पति ने कहा। सभी बैठक कक्ष की ओर बढ़े। अशोक सबसे पीछे था।

''अंकल और आंटी, यह है अशोक सिंह, मेरा प्रिय दोस्त। हम स्कूल में साथ पढ़े थे।''

''स्वागत है बेटा।'' श्रीमान रुस्तमजी ने कहा। ''क्या तुम तीनों एक साथ ही कश्मीर आए?''

''हाँ।'' रमेश ने जोर से हँसते हुए कहा। ''दरअसल हम हवाई जहाज में एक-दूसरे से अचानक टकरा गए।''

रुस्तमजी आवास का वह मुख्य बैठक कक्ष काफी बड़ा था। सभी कश्मीरी खपच्चियों से बने सोफों पर आराम से बैठ गए। सोफों पर स्थानीय कशीदाकारी

का बारीक काम हो रखा था। फनबचर और दीपछत्र सारे कश्मीरी अखरोट की लकड़ी के बने हुए थे। गलीचे और स्थानीय दरियाँ, जिन्हें नमदाह कहा जाता है, देखते ही बनते थे। अलमारी और शेल्फ पर चाँदी और हरिताश्म की कश्मीरी वस्तुएँ सजी हुई थीं।

''वाह! क्या सुंदर कमरा है।'' अशोक के मुँह से अनायास निकला। ''बिल्कुल कश्मीरी संग्रहालय जैसा लगता है।''

''धन्यवाद!'' रुस्तमजी ने कहा। ''वैसे हम यहाँ तुम तीनों के पैदा होने से काफी पहले से रह रहे हैं। कश्मीरी कलात्मक वस्तुओं का हमने काफी संग्रह कर रखा है। यहाँ के शिल्पकार और कारीगर बड़े कमाल के हैं। एक दिन शिरीन से तुम्हें कश्मीरी शॉल के उसके संग्रह को दिखाने के लिए कहूँगा। गरमी के दिनों में उन्हें लपेटकर रख देते हैं और फिर सर्दियों में ही खोलते हैं।''

चाय का समय हो चला था। श्रीमती रुस्तमजी ने चाँदी के एक बड़े समोवर (चायदान) में सभी के लिए चाय पेश की। उसका स्वाद लाजवाब था। अशोक ने पहले कभी ऐसी स्वादिष्ट चाय नहीं पी थी।

''चाय इसी तरह बनाई जानी चाहिए।'' रुस्तमजी साहब ने फरमाया। ''दूध बिल्कुल नहीं। सिर्फ कुछ केसर, बादाम और हल्की सी चीनी। वैसे हम हरी चाय का ही इतेमाल करते हैं।''

श्रीमती रुस्तमजी को वार्त्तालाप करना बहुत पसंद था और वह बिना रुके अपनी वाग्मिता का परिचय दिए जा रही थीं। बातचीत का सिरा राजनीति की ओर घूमा। प्रदेश के एक व्यक्ति की चर्चा होने लगी, जो स्थानीय राजनीति में उभरने लगा था।

''भई मुझे तो वह आदमी जरा भी पसंद नहीं है।'' श्रीमती रुस्तमजी ने कहा। ''न सिर्फ वह बदमाश है बल्कि अजीब पगला है।''

''पागल!'' उनके पति ने जोड़ा।

''अब क्या मतलब है तुम्हारा? मैंने वही तो कहा था।''

''जी नहीं, तुमने पगला कहा था।''

''अब पगला हो या पागल, क्या फर्क पड़ता है? मुद्दे की बात यही है न

कि उसका दिमाग खराब है।''

शीला ने पति-पत्नी की इस नोकझोंक को टालने के लिए वार्त्तालाप में हस्तक्षेप करते हुए कहा, ''और उसकी पत्नी?''

''उसे भी बरदाश्त नहीं कर सकती हूँ।'' श्रीमती रुस्तमजी ने कहा। ''मेरा मिजाज उखाड़ने के लिए काफी है।''

''मिजाज बिगाड़ने के लिए।'' पतिदेव ने अपनी ओर से वाक्य-शुद्धि करते हुए जोड़ दिया।

उनकी बातचीत चल ही रही थी कि एक कश्मीरी खानसामा कचौड़ियों, सैंडविचों और कुलचों से भरी थालियाँ मेज पर सजा गया। सभी ने शाम के नाश्ते का लुत्फ उठाना शुरू किया ही था कि दरवाजे पर घंटी बजी।

''अखिलन आया होगा,'' रुस्तमजी ने कहा और दरवाजा खोलने के लिए उठे।

घंटी बजने के बाद इस नाम के उल्लेख ने अशोक के हृदय पर वज्रपात जैसा प्रभाव उत्पन्न किया। उसका हृदय इतना तेज धड़कने लगा कि उसे लगा वहाँ बैठे सभी लोग उसकी धड़कनें सुन सकते थे।

अशोक अब किसी तरह अपने स्वर को सहज रखने की कोशिश कर रहा था। ''यह अखिलन है कौन?'' उसने पूछा।

''वह एक और पुराने दोस्त का पुत्र है। शहर में था, इसलिए मैंने सोचा कि सभी लोग आपस में मिल लें तो अच्छा रहेगा।'' श्रीमती रुस्तमजी ने भी उतनी ही सहजता से कहा।

सहजता ही थी, जो अशोक के संसार से इस समय कोसों दूर पलायन कर चुकी थी। अतीत के न जाने कौन-कौन से प्राणी आज पुनः उसके संसार का बलात् अतिक्रमण करने चले आ रहे थे। पहले रमेश, फिर शीला और अब अखिलन-जी.एस. अखिलन, लंदन स्कूल ऑफ इकोनॉमिक्स का उसका न जाने कब का भूला-बिसरा सहपाठी। वह कुछ भी सोच या कर सके, इससे पहले ही श्रीमान रुस्तमजी उठकर दरवाजे पर अखिलन का स्वागत करने पहुँच चुके थे। अशोक को अब आसन्न संकट की आहटें स्पष्ट सुनाई दे रही थीं।

उसने शीला की ओर देखा, लेकिन वह निस्पंद बैठी हुई थी।

अखिलन बैठक में दाखिल हो चुका था। प्रवेश करते समय अशोक और शीला ही सामने नजर आ रहे थे, जबकि रमेश एक ओर को था।

''अशोक! अशोक सिंह! तो आखिर तुम ही हो। उस दिन रेस्तराँ में भी मुझे लगा कि तुम ही हो। लंदन के इतने वर्षों बाद आज तुमसे यहाँ मिलना सचमुच आश्चर्य और खुशी की बात है।'' अखिलन की दृष्टि फिर शीला पर पड़ी, जिसके चेहरे का रंग इस समय पूरी तरह सफेद पड़ चुका था।

''ओह, तुम भी हो शीला! वाह भई, क्या बात है! तो तुम भी अशोक के साथ ही हो! क्यों न हो, आखिर हम सभी को मालूम था कि एक न एक दिन तुम दोनों शादी कर लोगे। तुम दोनों एक-दूसरे से इतना प्यार जो करते थे। भई, तुम दोनों की जोड़ी भी क्या खूब थी। बधाई, बधाई। अब यह बताओ कि हनीमून कैसा बीत रहा है?''

कमरे में एक प्रदीर्घ अवधि तक मृत्युवत् सन्नाटा छाया रहा। सन्नाटे को भंग किया रमेश ने, जिसका आनन इस समय तमतमाते हुए एकदम लाल हो चुका था। उसने जोर से अपनी प्लेट मेज पर फटकी, जिससे चाय का एक प्याला धड़ाम से उलट पड़ा। फिर वह उठकर तेज चाल से रुस्तमजी आवास से बाहर चल पड़ा और जाते हुए अपने पीछे दरवाजा भी जोर से पटकता हुआ चला गया। एक क्षण के लिए कक्ष में विराजमान बाकी सभी व्यक्ति स्तब्ध और संज्ञाशून्य बैठे रहे। कोई कुछ न बोल पाया, न कोई प्रतिक्रिया कर पाया। अंततः शीला और अशोक उछलकर रमेश के पीछे दौड़ पड़े।

अखिलन आश्चर्य के मारे चित्रलिखित सा रह गया। अंततः वह पूछ बैठा, ''क्या मैंने कुछ गलत कह दिया?''

''मुझे लगता है कि तुमने किसी का संसार ही उलट दिया है।'' श्रीमती रुस्तमजी ने कहा।

अखिलन की आँखें भावशून्य हो गई थीं। उसका शरीर उस कुरसी पर धम्म से बैठ गया, जिस पर कुछ देर पहले रमेश बैठा हुआ था।

□

अध्याय 9

दौड़ते हुए अशोक और शीला बंड तक पहुँचे, लेकिन रमेश वहाँ नहीं था। अत्यंत व्याकुल मनोदशा में दोनों मुख्य सड़क की ओर दौड़ चले, जहाँ टैक्सियाँ खड़ी थीं, लेकिन वहाँ भी वह कहीं नजर नहीं आ रहा था।

''जरूर वह होटल वापस गया होगा।'' शीला ने कहा। अशोक ने उसके दोनों हाथ अपने हाथों में ले उसकी आँखों में निश्छल भाव से देखा।

''शीला, मेरे लिए निर्णय का क्षण आ चुका है। मैं सीधे महाराज के पास जा रहा हूँ। रास्ते में आश्रम में मदन के पास पत्र छोड़ जाऊँगा। मुझे पूरा विश्वास है रमेश मुझे ढूँढता हुआ आएगा, लेकिन तुम मेरी चिंता न करो। शिव मंदिर में मैं बिल्कुल सुरक्षित रहूँगा। लेकिन तुम्हारा क्या?''

''मैं बिल्कुल ठीक रहूँगी, अशोक। टैक्सी लेकर सीधे होटल जाऊँगी। देखूँ, शायद मैं उसे शांत कर पाऊँ।''

''कहीं वह तुम्हें चोट पहुँचाने की कोशिश तो नहीं करेगा?''

''नहीं, ऐसा करना उसकी पंजाबी मर्दानगी के खिलाफ होगा। लेकिन मुझे डर है अशोक, वह कहीं तुम पर वार न कर बैठे।''

''चिंता न करो। वैसे भी, ऐसा वह पहली बार नहीं कर रहा होगा।'' अशोक ने उदासी भरी मुसकान के साथ कहा। ''विदा, शीला। भगवान् शिव तुम्हें और रमेश को अपना आशीर्वाद प्रदान करें।''

एक लंबी अवधि तक अशोक और शीला एक-दूसरे के नेत्रों में झाँकते हुए वहीं विचरते रहे। दोनों को भली-भाँति मालूम था कि यह उनकी अंतिम भेंट थी और यह विदाई हमेशा के लिए थी। दोनों ने दो अलग टैक्सियाँ लीं। शीला

ने अपनी टैक्सी के चालक से पैलेस होटल ले चलने के लिए कहा। अशोक ने नेहरू पार्क का रास्ता पकड़ा। रुस्तमजी दंपति के घर शाम की चाय पर आने के बाद से ही आकाश में मेघों का जमघट होने लगा था और अब आकाश कुछ-कुछ कृष्णवणबय हो चला था। बारिश की कुछ बूँदें भी गिरने लगी थीं।

उधर रमेश होटल में अपने कमरे में पहुँच चुका था। उसे लगा, उसका सारा संसार ही ढह रहा है। शीला और अशोक न केवल सहपाठी थे और एक-दूसरे को जानते थे, बल्कि एक प्रेमी युगल भी थे। दोनों ने ही उसे जानबूझकर अँधेरे में रखा था। कश्मीर आने से पहले ही वे एक-दूसरे के संपर्क में रहे होंगे और अशोक ने अपनी कश्मीर यात्रा की योजना भी जानबूझकर उस समय बनाई, ताकि वह रमेश और शीला के हनीमून के समय वहाँ रह सके। सुशांत और तर्कयुक्त ढंग से विचार करने में रमेश वैसे भी कुछ विशेष समर्थ नहीं था, अब अंधे क्रोध के वशीभूत हो उसका विवेक भी साथ छोड़ने लगा था।

टैक्सी के होटल पहुँचते ही रमेश बाहर कूद पड़ा। ड्राइवर से उसने वहीं रुकने के लिए कहा और अपने कमरे तक दौड़ता हुआ गया। फिर उसने अपना सूटकेस खोलकर अपना रिवॉल्वर निकाला और उसे जाँचा। पिस्तौल गोलियों से पूरी तरह भरी हुई थी। रिवॉल्वर अपने कोट की जेब में रख वह पुन: उसी तरह क्रोध और बैर की दोहरी भावनाओं की सर्पकुंडली के वश में होटल की ड्योढ़ी की ओर दौड़ पड़ा। टैक्सी वहीं उसका इंतजार कर रही थी। रमेश ने ड्राइवर को सीधे शिवगिरि चलने को कहा। उसे पूरा विश्वास था कि अशोक वहीं गया होगा।

संयोग भी ऐसा घटित हुआ कि जैसे ही उसकी टैक्सी होटल से बाहर निकली, शीला की टैक्सी भीतर घुसी। लेकिन अब तक अँधेरा घिर चुका था और वर्षा भी तेज होती जा रही थी। दोनों एक-दूसरे को देख नहीं पाए। शीला ने गाड़ी से उतर सीधे रिसेप्शन तक जाकर रमेश के बारे में पूछताछ की।

"वह तो दौड़ते हुए अंदर आए, अपनी चाबी लेकर उसी तरह दौड़ते हुए निकल गए।" रिसेप्शनिस्ट ने बताया।

"क्या वह बाहर जाते हुए चाबी छोड़ गए?"

"नहीं, चाबी वह साथ ही लेकर गए होंगे।"

शीला का हृदय धक से बैठ गया। रमेश गुस्से से पागल हो चुका होगा, यह तो उसे मालूम था, लेकिन इतनी जल्दी वह फिर से बाहर निकल पड़ेगा, इसकी उसे अपेक्षा नहीं थी। अब वह बुझे मन से होटल के लंबे गलियारों से होती हुई मुख्य बैठक तक चल पड़ी। इस बैठक का नाम गोल्ड रूम था। इस समय वहाँ कोई नहीं था। कश्मीर के भूतपूर्व शासकों की लंबी-चौड़ी तसवीरें दीवारों पर से उसी को देखती हुई सी लग रही थीं। गुजरे हुए जमाने के इन राजाओं के चित्र अभी भी अपनी पगड़ियों और रत्नों-आभूषणों से मंडित बड़े शोभायमान लग रहे थे, लेकिन शीला का ध्यान इस समय अतीत के इन शासकों के गौरव या उनकी परिधानात्मक शोभा पर तनिक भी नहीं था। गोल्ड रूम की एक विशाल कुरसी पर बैठकर वह अत्यंत बेचैनी के साथ अपनी आंतरिक पीड़ा से दो-चार हो रही थी। जिन दो पुरुषों से वह सर्वाधिक प्रेम करती थी, वे इस क्षण संभवतः आपस में युद्धरत थे। शीला स्वभाव से उपासक या पूजापाठी नहीं थी। उसका पालन-पोषण एक आर्य समाजी परिवार में हुआ था। अतः उस समय कोई व्यक्तिगत इष्टदेव भी उसके चित्त या स्मृतिपथ में नहीं आ पाया, जिसकी शरण में वह अपने आप को सौंप सकती थी। लेकिन उसी क्षण उसका ध्यान अनायास भगवान् शिव पर जा टिका और वह यथासंभव अपना ध्यान और अपनी आस्था देवाधिदेव पर टिका उनकी प्रार्थना करने लगी। उन्हीं के पर्वत पर रमेश और अशोक की भेंट होने जा रही थी।

रमेश के आश्रम पहुँचने तक रात्रि का अंधकार लगभग पूरी तरह व्याप गया था। आश्रम के द्वार पर पहुँचने के बाद उसने दरवाजे पर जोर से खटखटाया। दरवाजा मदन ने खोला था कि रमेश ने उसे जोर से एक ओर धकियाकर कमरे में प्रवेश किया। वह यह देखने के लिए आतुर था कि अशोक कहाँ है। कमरे में किसी और को न देख वह मदन पर चिल्ला उठा, "अशोक कहाँ है?"

"मंदिर में, महाराज के साथ।" मदन का स्वर और उसकी मुद्रा दोनों शांत थे।

मदन को गुस्से से घूरते हुए रमेश पाँव पटकते हुए आश्रम से बाहर हुआ। उसने ऊपर का रास्ता पकड़ा, जो शिवगिरि की ओर जाता था। वहाँ पहुँचने में

कितना समय लगने वाला था, उसे अंदाजा नहीं था। उस समय उसके सिर पर भूत सवार था। गिरते-पड़ते वह अंधकार में कठिन रास्ते की चढ़ाई करने लगा। बारिश अब और तेज होने लगी थी। अंतहीन लगने वाली चढ़ाई के उपरांत वह देवालय की तलहटी पर पहुँचा। जब भी उसका पाँव किसी पत्थर से टकराता, मुँह से गाली निकलती।

मंदिर के भीतर से संस्कृत में मधुर व सुरीले श्लोकोच्चार की ध्वनि रमेश को स्पष्ट सुनाई दे रही थी। अपनी उत्तेजित मन:स्थिति में भी वह कुछ देर वहाँ स्तब्ध खड़ा रहा, लेकिन क्रोध को उसपर फिर से हावी होते देर न लगी। उसे न शिष्टाचार का भान था, न मर्यादा की चिंता। जूते उतारे बिना ही वह चिल्लाता हुआ मंदिर की सीढ़ियाँ चढ़ने लगा, "अशोक! कहाँ दुबके बैठे हो? बाहर आओ और मर्द की तरह मेरा सामना करो!"

अँधेरा अब घनघोर हो चुका था और आकाश में बिजली के कड़कने से रात्रि में प्रकाश की दरारें पड़ रही थीं। बिजलियों के क्षणिक प्रकाश में सीढ़ियाँ कुछ देर प्रदीप्त हो उठतीं, फिर अंधकार के गर्भ में विलीन हो जातीं। रमेश ने अपनी चढ़ाई जारी रखी। अब वह मंदिर की विशाल घंटी के पास था। वह फिर चीख पड़ा, "बाहर आओ, अशोक। मंदिर में क्यों छुपे हुए हो?"

मंदिर का द्वार एक हल्के गर्जन के साथ खुला। द्वार तक आनेवाले मार्ग में एक व्यक्ति हाथ में लालटेन लिए आ खड़ा हुआ। रमेश ने देखा, वह अशोक तो नहीं था। यह व्यक्ति कद-काठी में उससे कहीं विशाल था। रमेश ने अपना रिवॉल्वर निकाल उस व्यक्ति पर ताना।

"तुम जो भी हो, अंदर चले जाओ और अशोक को बाहर भेजो।"

उस व्यक्ति ने जैसे रमेश की धमकी सुनी ही नहीं। वह सधे हुए कदमों से सीढ़ियाँ उतरने लगा। वह डील-डौल में भीमकाय था और उसकी दाढ़ी और लंबे केश लालटेन के अत्यंत मंद प्रकाश में जगमाते हुए उसे किसी और लोक के प्राणी का रूप प्रदान कर रहे थे। उसी समय आकाश में मेघों का गर्जन जोरों से होने लगा।

"रुको!" रमेश मेघगर्जन के बीच अपनी आवाज और ऊँची कर चिल्लाया। "रुको वरना गोली चला दूँगा।"

सीढ़ियों से उसकी ओर आ रहे व्यक्ति पर रमेश की धमकी का लेशमात्र प्रभाव नहीं हुआ। इतने में विद्युत् की एक भीषण कड़कड़ाहट हुई, जिससे भगवा वस्त्रों में वह दीर्घकाय पुरुष प्रकाश में नहा उठा। रमेश एक क्षण के लिए बिल्कुल निस्तब्ध रह गया। उसी क्षण महाराज ने अपने हाथ से रमेश की कलाई पर तीक्ष्ण वार किया। रमेश की पकड़ से उसका रिवॉल्वर छूटकर सीढ़ियों पर खनकती हुई आवाज करता हुआ जा गिरा।

गहन पीड़ा और क्रोध में चीखता हुआ रमेश गिर पड़ा। इससे पहले कि वह उठकर सँभलता, महाराज उसपर आरूढ़ हो चुके थे। उन्होंने रमेश को घसीटकर उसके कोट का कॉलर पकड़ लिया था। रमेश बलिष्ठ व्यक्ति था, किंतु इस विशालकाय संन्यासी के चंगुल में उसकी शक्ति एक कठपुतली से अधिक नहीं थी। जीवन में पहली बार रमेश ने अपने भीतर भय की एक लहर को दौड़ते हुए अनुभव किया। महाराज के चंगुल से अपने आप को छुड़ाने के लिए उसकी सारी छटपटाहट व्यर्थ प्रमाणित हो रही थी। महाराज ने उसकी आँखों में अपने ज्वलंत नेत्र डाल ऐसी सघन वाणी में आदेश दिया कि रमेश को लगा वह उसकी समस्त चेतना को आमूल भेद गई।

''सुनो बालक! तुम्हारे विवेकहीन क्रोध ने अशोक को पूरे जीवन के लिए दग्ध कर दिया है और मैं तुम्हें फिर से ऐसा कदापि नहीं करने दूँगा। तुम्हारे सारे संशय निराधार हैं, समझे? अब उसी रास्ते चुपचाप लौट जाओ, जिससे तुम आए थे और अपना रिवॉल्वर भी लेते जाओ। शीला व्याकुल अवस्था में होटल में तुम्हारी प्रतीक्षा कर रही है। जाओ, उसके पास लौट जाओ।''

महाराज जब रमेश से बोल रहे थे, बिजली लगभग अनवरत रूप से कड़कते हुए उनकी मुखमुद्रा को प्रकाशित किए जा रही थी। रमेश ने अपने साहस को समेटने और रोष को पुनर्जाग्रत् करने का हर संभव यत्न किया, किंतु सब व्यर्थ। महाराज जैसे दीर्घाकार पुरुष और उनकी तीक्ष्ण, भेदक नीली आँखों के सम्मुख रमेश सर्वथा शक्तिहीन और असहाय था।

महाराज ने लालटेन रमेश के हाथ में पकड़ाई और पुन: उनका आदेशात्मक स्वर किसी मेघगर्जन की भाँति सुनाई पड़ा, ''अब जाओ यहाँ से। भगवान् शिव तुम्हारा भला करें।''

महाराज उठकर खड़े हुए और मंदिर के भीतर लौट चले। अंदर से संस्कृत में अनुनादपूर्ण श्लोकोच्चार की ध्वनि फिर सुनाई देने लगी।

रमेश काफी देर अपने स्थान पर अचेतनावस्था में जड़ीभूत खड़ा हो महाराज को मंदिर में अदृश्य होते देखता रहा। फिर वह धीरे-धीरे सीढ़ियाँ उतरने लगा, जैसे सपने में चल रहा हो। उसका रिवॉल्वर वहीं चबूतरे पर पड़ा मिला। रमेश ने अपने हाथ से लालटेन नीचे रख, उसे उठाकर चुपचाप अपनी जेब के हवाले।

रिवॉल्वर उठाकर ऊपर उठते ही उसने अपने सामने एक और आकृति को खड़ा देखा। यह व्यक्ति श्वेत वस्त्रों में वेष्टित था।

सामनेवाला व्यक्ति मदन था। उसने लालटेन उठाते हुए इतना ही कहा, "मेरे पीछे चलो।"

दोनों ने नीचे की ओर का सफर मौनपूर्वक पूरा किया। अंततः वे आश्रम पहुँचे जहाँ रमेश की टैक्सी अभी भी उसकी प्रतीक्षा कर रही थी। रमेश टैक्सी में बैठ ही रहा था कि मदन ने उसे एक पत्र थमाते हुए कहा, "अशोक ने इसे तुम्हें सौंपने के लिए कहा।"

होटल तक की वापसी यात्रा के दौरान रमेश को अपनी चेतना को स्थिर करने और अपनी विचारशक्ति को ठीक से कार्यशील करने के लिए कठिन प्रयास करना पड़ रहा था। उसका चित्त व्यामोहग्रस्त था। उसकी कलाई में अभी भी तीव्र वेदना थी। वहीं पर जहाँ महाराज ने प्रहार किया था। हाथ की वेदना ने रमेश को यह ज्ञापित किया कि ऊपर शिवगिरि पर उसके साथ जो कुछ घटित हुआ, वह स्वप्न तो बिल्कुल नहीं था। लेकिन वह अब भी अपने मन को सारे घटनाचक्र पर स्थिर नहीं कर पा रहा था। बिजली की कड़कड़ाहट, महाराज का विशाल व्यक्तित्व, उनकी भेदक नीली आँखें और उसके कान में अभी भी गूँजती वाणी—'अब जाओ यहाँ से। भगवान् शिव तुम्हारा भला करें।'—सभी कुछ उसके मस्तिष्क को एक साथ आक्रांत कर रहे थे।

होटल पहुँचने तक रमेश का आत्मसंयम इतना तो बहाल हुआ कि वह टैक्सी ड्राइवर का किराया चुका सके। प्रकोष्ठ के अंदर प्रवेश करते ही रिसेप्शनिस्ट ने उसे एक चाबी पकड़ाई।

"जनाब अशोक सिंह ने इसे आपको सौंपने के लिए कहा था। श्रीमती कपूर गोल्ड रूम में आपका इंतजार कर रही हैं।"

रमेश बस आगे चलता ही गया। उसके पाँव की आहट सुन शीला दौड़ती हुई बाहर आई। रमेश के चेहरे का रंग इस समय पीला पड़ चुका था। शीला बुरी तरह चौंक पड़ी।

"रमेश! तुम ठीक तो हो? क्या हुआ? अशोक कहाँ है?"

रमेश से सिर्फ अपना सिर हिलाते बना।

"ठीक है। उसे कुछ नहीं हुआ है। आओ उसके कमरे में चलते हैं।"

दोनों चुपचाप आगे चलते गए, एक-दूसरे से कुछ बोलने में असमर्थ। रमेश ने अशोक के कमरे का ताला खोलकर भीतर प्रवेश किया। अशोक का सूटकेस बिस्तर पर पड़ा था। उसने निकलने से पहले ही अपना सारा सामान बाँध रखा था। रमेश एक कुरसी में धड़ाम से बैठ गया। फिर उसने अपनी जेब से वह लिफाफा निकाला, जो आश्रम में मदन ने उसे पकड़ाया था। लिफाफा फाड़ते समय उसे लगा उसका अपना ही हाथ उसकी आज्ञा मानने से कतरा रहा है।

"पढ़ो क्या लिखा है।" शीला ने उससे कहा। "जोर से पढ़ो।"

रमेश ने पढ़ना शुरू किया—

'प्रिय रमेश,

'जीवन में दूसरी बार तुमने मुझे गलत समझकर मेरे साथ दुर्व्यवहार किया है। हम दोनों के साथ ऐसा क्यों हो रहा है, यह मैं समझ नहीं पा रहा हूँ। मुझे लगता है कि हमारे आत्मिक संबंधों में ही कोई भाग्यलिखित त्रुटि है, जिससे ऐसी परिणति अवश्यंभावी बन जाती है। खैर, इस पत्र में मैं सारे तथ्यों का बयान कर रहा हूँ। कृपया उनपर अविश्वास कर मेरे साथ और अन्याय न करना।'

'शीला और मैं लंदन स्कूल ऑफ बिजनेस मैनेजमेंट में साथ पढ़ते थे। पहले एक-दूसरे से हमारा परिचय हुआ, फिर धीरे-धीरे एक-दूसरे के लिए हमारी भावनाएँ प्रगाढ़ होने लगीं। मैं उससे बहुत प्रेम करने लगा और उससे विवाह करना चाहता था। मैं नहीं कह सकता कि मेरे प्रति शीला की सोच क्या

थी, लेकिन बहुत संभव है, वह भी मेरी भावनाओं का मौन प्रतिसाद करती रही हो।'

'एक दिन हम दोनों एक संगीतमय नाट्य देखने गए—माय फेयर लेडी। मुझे तो उस नाटक का हर क्षण बहुत रास आया, लेकिन मुझसे यह बात छिपी न रही कि शीला बहुत दुखी लग रही थी। थिएटर से निकलने के बाद मैंने अचानक उसे अपनी बाँहों में भरकर स्नेह से चूमा। ऐसा हमने पहली और अंतिम बार किया। वह रो पड़ी और उसने मुझे बताया कि उसे अपने पिताजी से एक चिट्ठी मिली थी, जिसमें लिखा गया कि उसकी शादी तय हो चुकी है और उसे तुरंत भारत लौटना होगा। मैंने बहुत विरोध किया। उससे अनुरोध किया कि वह अपने पिता को जवाब दे कि वह मुझसे शादी करेगी, लेकिन शीला नहीं मानी। उसने बहुत दुखी होकर मुझे बताया कि उसे अपने पिताजी की इच्छा माननी ही पड़ेगी क्योंकि वह उनकी इकलौती संतान है। उसे यह भी लगा कि पिताजी ने उसके लिए ठीक वर चुना होगा। हमारी उस भेंट के सिर्फ पाँच दिन पश्चात् वह लंदन छोड़ भारत के लिए निकल गई। उसके बाद मैं उससे कभी नहीं मिल पाया। हमारी अगली मुलाकात उस हवाई जहाज में हुई, जब तुमने मेरा परिचय उससे करवाया।'

पन्ना पलटने से पहले रमेश ने शीला का चेहरा देखा। वह शून्य में देखे जा रही थी। उसका मुख इस समय सर्वथा प्रतिक्रियाविहीन था। वह आगे पढ़ता गया—

'जिस क्षण मैं शीला से उस दिन विमान में मिला और मुझे पता चला कि वह अब तुम्हारी पत्नी है, मैं तुम्हें सारा सत्य बताने और तुम्हें किसी प्रकार का क्लेश न पहुँचाने की परस्पर विरोधी इच्छाओं के बीच द्वंद्वग्रस्त हो गया। मैंने हमेशा तुम्हें पसंद किया है। कश्मीर में तुमसे अचानक इतने वर्षों बाद मिलने के पश्चात् मैं तुम्हारे वैवाहिक जीवन की मधुर शुरुआत में किसी तरह खलल नहीं डालना चाहता था। और हाँ रमेश, मैं तुम्हारे शंकालु और गुस्सैल स्वभाव से भी भलीभाँति परिचित हूँ, और इसी कारण मैं हमारे अतीत की कोई भी बात तुम्हारे सामने नहीं लाना चाहता था, खासकर तब जब मुझे यह नहीं मालूम था कि शीला तुम्हें इस बारे में कुछ बताना चाहती थी या नहीं।'

'कश्मीर में मैं तुम दोनों से दूर ही रहना चाहता था, लेकिन अपनी सैर और सुबह-शाम के खाने पर साथ रहने के लिए तुम हरदम जिद करते रहे। उस दिन जब हम तीनों पहलगाम में थे, तब मुझे कुछ घंटे शीला के साथ एकांत में बातचीत करने का एक अवसर मिला। उसी समय मैंने निश्चय किया कि मुझे इस मामले को लेकर शीला से बात करनी चाहिए। परिस्थितियों ने हमें दो घंटों तक एक-दूसरे के सान्निध्य में छोड़ रखा था। उस समय रमेश, तुम्हें मेरा विश्वास करना ही होगा—हमारी चर्चा का एकमात्र विषय वह व्यक्ति था, जिसे हम दोनों इस संसार में किसी और से कहीं अधिक प्रेम करते हैं, यानी रमेश कपूर। शीला का बाह्य रूप जितना सुंदर और उज्ज्वल है, उसकी आत्मा उतनी ही निर्मल और पवित्र है। चाहे जो करो, तुम अपने और शीला के बीच कभी भी विवेकहीन ईर्ष्या और शंका उत्पन्न होने मत देना।'

'अब रही मेरी बात। तुम्हें तो मालूम है कि स्कूल के दिनों से ही मैं इस दमघोंटू संसार में किसी-न-किसी अभिन्न निश्चितता की तलाश में रहा हूँ। हमारे अस्तित्व को सदा घेरे रखनेवाली इन काली परछाइयों के मध्य मैं उस अपराजेय वास्तविकता की खोज में हमेशा रहा हूँ। और आज मुझे लगता है कि मैंने अंततः वह पा लिया है, जिसकी तलाश में मैं सदा रहा हूँ—शिवगिरि में। मुझे अब ज्ञात हो चुका है कि मैं कश्मीर क्यों आया। आध्यात्मिक संसार में पूरे तन-मन से प्रवेश करने से पहले मुझे उन दोनों व्यक्तियों से आपने संबंधों का परिमार्जन करना था— तुम और शीला। तुम दोनों ही हो, जिनसे मैंने अपने जीवन में सच्चा प्रेम किया है। तुम फिर से मुझे गलत समझ बैठे रमेश, लेकिन मेरे मन में तुम्हारे प्रति अब कोई अमर्ष नहीं है। अब है केवल हृदय के भीतरतम से उत्पन्न होनेवाला प्रेम। शीला के प्रति मेरा प्रेम अब परिपक्व होकर उसके लिए आशीर्वाद में परिणत हुआ है। यह आशीष तुम दोनों के भावी जीवन व सुख हेतु है।'

'कहा जाता है कि जिस आध्यात्मिक आलोक की हमें तलाश होती है, उसे हम सर्वप्रथम किसी और व्यक्ति की आँखों में प्रतिबिंबित देखते हैं। रमेश, मैंने उस आध्यात्मिक प्रकाश को महाराज की आँखों में देखा है और अब मैं शिव का

सान्निध्य पाने के लिए निकल पड़ूँगा। यह मुख्य रूप से एक आंतरिक यात्रा होगी। यद्यपि मैं महाराज के साथ हिमालय के लिए भी चल पड़ूँगा। मुझे नहीं लगता कि हम इस जीवन में फिर कभी मिलेंगे, लेकिन मेरा प्यार सदा तुम्हारे और शीला के साथ रहेगा। भगवान् करे, तुम दोनों का संबंध पंपोर के खेतों में खिल रहे दुर्लभ केसर की भाँति हमेशा फलता-फूलता रहे और उसकी सुगंध तुम दोनों के संपूर्ण जीवन को हमेशा सुरभित करती रहे।'

'मैंने होटल में अपना बिल चुकाकर अपना सामान भी बाँध रखा है। कल जब तुम और शीला दिल्ली लौटोगे, मेरा सारा सामान अपने साथ लेते जाना। फिर जितना शीघ्र हो सके, प्रधानपुर की यात्रा कर मेरी चीजों को मेरी माता को सौंप देना और उन्हें मेरा प्यार कहना। उनसे कहना कि मेरे लिए दुखी न हों, क्योंकि मैं उस परमगति के पथ पर हूँ, जो किसी भी भौतिक सुख से कहीं श्रेष्ठ है।'

ओम् नमः शिवाय।

सदा तुम्हारा प्रिय

अशोक''

अंतिम पंक्ति पढ़ने तक रमेश की आँखों से अविरल अश्रुधारा बह रही थी। उसे याद आया—कैसे वर्षों पूर्व उसके विचारशून्य क्रोध ने उसके और अशोक की बचपन की दोस्ती भंग कर दी थी और वह अशोक का साथ खो बैठा था। आज उसने एक बार फिर अपने इस स्वभावगत अवगुण के वशीभूत अशोक को खो दिया था—किंतु इस बार सदा के लिए।

शीला ने उसकी ग्रीवा में अपनी बाँहें डाल उसके गाल पर एक स्निग्ध चुंबन अर्पित किया।

बहुत देर तक रमेश वहीं बैठा रहा। अपना संसार ढहने के आभास से वह परास्त सा हो चुका था। फिर किसी तरह उठकर शीला से बोला, ''हमें उसके पास जाना होगा।''

''नहीं रमेश!'' शीला का स्वर किसी प्रकार की उत्तेजना से रहित था। ''हम उसे खो चुके हैं। सदा के लिए। वह हमसे प्रेम करता था और हम दोनों

उससे प्रेम करते थे। लेकिन हम एक-दूसरे के लिए तो हैं।" दोनों ने एक-दूसरे का हाथ कसकर थामा। दोनों ही के नेत्र आँसुओं में नहाए हुए थे।

बाहर की वर्षा और तूफान थम चुके थे। आकाश इस समय निरभ्र और अगणित नक्षत्रों से प्रकाशमय हो प्रज्वलित दीपों के एक अनंत नगर की भाँति शोभायमान हो रहा था। अशोक के कमरे की खिड़की से पर्वत पर स्थित मंदिर स्पष्ट दृष्टिगोचर हो रहा था। रात्रि के आकाश में उसकी भंगिमा परमेश्वर शिव के तेजस्वी मुखमंडल के सदृश थी और संपूर्ण वातावरण को व्यापती हुई प्रतीत हो रही थी। उसी समय अर्धचंद्र का भी उदय हो चुका था और वह मंदिर के गोपुर के कुछ ऊपर स्थित हो शिवजी की मुखाकृति के चित्र को पूर्णता का दिव्य आभास प्रदान करता सा प्रतीत हुआ। रात्रिवेला की उस नीरवता को अचानक भंग करते हुए शिवगिरि के मंदिर की विशाल घंटी का नाद सुनाई पड़ा। उस दिव्य ध्वनि के आलाप ने सरोवर पर तैरते हुए संपूर्ण घाटी को अपने भीतर समेट सा लिया।

□

उपसंहार : 30 वर्ष बाद

श्रीनगर में स्वयं को स्थापित कर अशोक महाराज का पूर्ण अनुचर और अंत:वासी हो चुका था। वहाँ से अशोक, मदन और महाराज पर्वतों में स्थित शिव आश्रम गए। महाराज वहाँ की तीसरी पीढ़ी के महंत थे। उस आश्रम की स्थापना अनेक दशकों पहले एक धर्मपरायण बंगाली महिला ने की थी। अशोक उस आश्रम के नैसर्गिक सौंदर्य से पूर्णत: अभिभूत हो गया। उस स्थली तक पहुँचने के लिए मुख्य मार्ग से पृथक् होते हुए मिट्टी का कच्चा रास्ता अपनाते हुए, आधे घंटे की पैदल यात्रा करनी थी। पाषाण से निर्मित इस देवालय के भीतर दो फीट ऊँचा एक विलक्षण स्फटिक शिवलिंग था, जिसे मंदिर के संस्थापक ने वहाँ स्थापित किया था। महाराज की अनुपस्थिति में समीपस्थ ग्राम का मुखिया मंदिर की देखभाल करता रहा था। वापसी पर महाराज ने मंदिर में अपना नित्यकर्म फिर से सँभालना शुरू किया। मदन इसमें उनका सहायक बन चुका था।

प्रतिदिन प्रात:काल शिवजी की स्तुति में उत्कृष्ट श्लोकों का पाठ होता। साथ ही स्थानीय भाषाओं के लोकगीतों का भी गायन होता। महाराज ने अशोक को बताया था कि शिवजी एक बिल्वपत्र और जल के अर्पण से भी संतुष्ट हो जाते हैं— उन्हें आशुतोष भी कहा जाता है। बाह्य सामग्री के अर्पण से अधिक आंतरिक निष्ठा और भक्ति की गहनता का महत्त्व है।

एक दिन शाम की आरती के उपरांत अशोक ने महाराज के चरणों में प्रणिपात किया।

''महाराज, मुझे लगता है कि अब समय आ गया है। कृपया मुझे अपनी

परंपरा में संन्यास की दीक्षा दीजिए।''

महाराज ने मुसकराकर उत्तर दिया, ''हाँ अशोक, अब तुम तैयार हो। कुछ सप्ताहों बाद शिवरात्रि है। हम उसी दिन इस कार्य को संपन्न करेंगे।''

अशोक अब शिवरात्रि पर्व के दिन बड़ी उत्सुकता से गिनने लगा। महाराज का मत था कि यद्यपि प्रत्येक रात्रि शिव को समर्पित होनी चाहिए, महाशिवरात्रि ग्रहों का एक विशिष्ट संयोजन है, जो विशेष रूप से मंगलकारी होता है। भारत भर और विश्व में भी करोड़ों लोग उस दिन उपवास कर जहाँ सुविधाजनक हो, पावन नदियों में स्नान करते हैं।

महाशिवरात्रि का वह दिवस अंततः उदित हुआ। सायं वेला में निकट के नदी में स्नान संपन्न कर महाराज अशोक को मंदिर के भीतर ले गए। वहाँ मंत्रोच्चार के बीच अशोक ने एक-एक कर अपने सभी वस्त्रों का परित्याग किया। अब वह केवल भारतीय शैली के अधोवस्त्र में खड़ा था। महाराज ने तब एक भगवा धोती उसपर लपेटकर स्नेह से उसका आलिंगन किया। उसके पश्चात् दोनों ने भूमि पर लेटकर शिवलिंग को साष्टांग नमस्कार किया, जो सामने रखे मिट्टी के दीये के प्रकाश में प्रदीप्त हो उठा था। महाराज ने सस्वर प्रार्थना की—

''हे प्रकाशपुंज! हे साकार-निराकार! हे अनन्य! हे अतुल्य! हे परमानंदधाम! हे अजेय! हे अगाध! हे परमेश्वर! हे दयासागर! हे करुणावतार! इस बालक पर अनुकंपा कीजिए, ताकि यह अपनी नियति को प्राप्त कर सके!''

अशोक अब आश्रम का अभिन्न अंग था। चूँकि अपनी माँ से उसने खाना बनाना सीखा था, आश्रम के लिए प्रतिदिन भोजन पकाने का दायित्व उसे सौंपा गया। तीनों व्यक्तियों के भोजन करने या आश्रम में आनेवाले किसी आगंतुक को खिलाने से पहले भोजन का एक अंश नैवेद्य के रूप में समर्पित किया जाता, ताकि अन्न की परिशुद्धि हो। महाराज की ख्याति उस क्षेत्र में फैलने लगी थी। अतः आश्रम में उनसे मिलने हेतु आनेवालों का स्वागत-सत्कार करने का भी दायित्व उसपर था। प्रायः लोग महाराज के दर्शन के लिए आते थे। कुछ लोग आध्यात्मिक साधना के लिए उनके मार्गदर्शन के इच्छुक थे, ज़बकि कुछ अन्य

उनसे दीक्षा प्राप्त करना चाहते थे। आश्रम में महाराज से मिलने आनेवाले जिज्ञासुओं में अनेक यूरोपीय और अमेरिकी भी हुआ करते थे, जो एक 'गोरे स्वामी' को देखने का कुतूहल रखते थे।

महाराज प्रत्येक आनेवाले से उसकी आवश्यकता के अनुरूप व्यवहार करते थे। अशोक ऐसे अधिकांश वार्त्तालापों के दौरान उनके साथ होता था और इस प्रक्रिया में उसने अध्यात्म के विभिन्न पक्षों को लेकर काफी ज्ञान आत्मसात् किया। उपनिषदों और गीता के अतिरिक्त महाराज यूरोपीय आध्यात्मिक साधकों की रचनाओं के भी अंश प्रस्तुत कर उनकी व्याख्या करते थे। इनमें मेइस्टर एकहॉर्ट, हमबस ट्रमैजेस्टस और असीसी के संत फ्रांसिस प्रमुख थे। उनकी दो प्रिय रचनाएँ थीं—विलियम जेम्स की *वेरायटीस ऑफ रिलिजियस एक्सपीरिएंस* और ऐल्डस हक्सली की *पेरेन्नियल फिलॉसफी।* उपनिषद् और गीता पर उनके प्रवचन बाद में रिकॉर्ड और प्रकाशित किए गए, जो विश्व भर में आध्यात्मिक साधकों और उपासकों के लिए अत्यंत मूल्यवान प्रमाणित हुए।

समय-समय पर महाराज और अशोक भगवान् शिव से जुड़े तीर्थस्थानों की यात्रा पर निकलते। काठमांडू में पशुपतिनाथ महाराज के साथ अशोक की पहली तीर्थ यात्रा थी। पशुपतिनाथ के मंदिर का स्थापत्य भारतीय मंदिरों से लक्षणीय रूप से भिन्न है। महाराज के साथ अशोक की तीर्थ यात्राएँ उसे दक्षिण में रामेश्वरम् तक ले गईं, जहाँ तीन महासागर भारत माता के चरणों का प्रक्षालन करते हैं। रामेश्वरम् का भव्य शिवालय वहाँ के ज्योतिर्लिंग का उपासना स्थान है और मंदिर के गलियारों की भव्यता देखते ही बनती है। रामेश्वरम् के ज्योतिर्लिंग की स्थापना श्रीराम के हाथों हुई मानी जाती है। इस स्थान पर उन्होंने लंकेश्वर रावण पर चढ़ाई हेतु लंका के लिए प्रस्थान से पूर्व शिवलिंग की आराधना की थी। महाराज ने अशोक को बताया कि रामायण की गाथा दक्षिण व दक्षिणपूर्व एशिया में प्रचलित है और इस भूक्षेत्र के प्रत्येक देश में उनके विशिष्ट शिल्प, साहित्य, नृत्य और लोक कलाओं के माध्यम से चित्रित हैं।

पशुपतिनाथ और रामेश्वरम् के अतिरिक्त महाराज और अशोक ने पाँच और महान् शिव मंदिरों की यात्रा की। महाराज इन सभी स्थानों को अपना

सप्तधाम मानते थे। दोनों ने भारत की पावनतम नगरी वाराणसी की यात्रा कर विश्वनाथजी के दर्शन किए। काशी में स्थित होकर शिवजी पूरे विश्व पर शासन करते हैं। मुसलिम शासकों ने प्राचीन मंदिर को ध्वस्त कर उसपर एक मसजिद बनवा दी थी, लेकिन गर्भगृह का नाश नहीं कर पाए थे। करोड़ों भक्त आज भी हर वर्ष उसकी उपासना करते हैं। उन्होंने आगे उज्जैन की यात्रा की, जो भारत की एक और पावन नगरी है और महाकवि कालिदास के कारण भी इतिहास में विख्यात है। यहाँ के ज्योतिर्लिंग को महाकालेश्वर के नाम से पूजा जाता है। शिवजी काल के भी स्वामी हैं और उज्जैन में उनका ज्योतिर्लिंग भूमि की सतह से काफी नीचे स्थापित है।

अशोक को साथ ले महाराज ने गुजरात में भारत के पश्चिमी तट पर स्थित सोमनाथ ज्योतिर्लिंग की यात्रा की। सोमनाथ का शिवालय बार-बार इसलामी आक्रांताओं द्वारा भंग किया गया, किंतु हर बार उसका पुनरुद्धार हुआ, जैसे भस्म से पुनः उठकर कोई पुनर्जीवन प्राप्त करता हो। सोमनाथ में शिवलिंग अत्यंत भव्य है और अपने मस्तक पर अर्धचंद्र धारण करने से उन्हें सोमनाथ कहा जाता है।

आगे अशोक ने महाराज के साथ और लंबी शिवतीर्थ यात्राएँ कीं। वे दक्षिण गए, जहाँ उन्होंने तीन महान् शिव देवस्थानों का दर्शन किया। जिनका निर्माण लगभग एक हजार वर्ष पहले महान् चोल वंश के शासकों ने करवाया था। इनमें सबसे विशाल और ऊँचा है तंजावूर स्थित बृहदीश्वर मंदिर, जो शिवजी को समर्पित है। बृहदीश्वर मंदिर के शिखर का स्थापत्य उसकी उत्कृष्टता की पराकाष्ठा है। उसके गोपुर की आच्छादन शिला विशाल आकार की है और कहा जाता है कि उसे मंदिर के शिखर तक चढ़ाने के लिए दो मील लंबी सीढ़ी का निर्माण अलग से करना पड़ा था। मंदिर के गर्भगृह में स्थित शिवलिंग अत्यंत विशाल है और शिवजी के वाहन नंदी की वृषभमूर्ति भी आनुपातिक रूप से बृहदाकार है। बृहदीश्वर मंदिर की बाह्य दीवारें देवी-देवताओं की आकृतियों से ढकी हुई थीं और उसकी भीतरी दीवारें ऐसे भित्ति-चित्रों से भरी हुई थीं, जो चित्त को सचमुच अभिभूत करनेवाले थे। अपितु बृहदीश्वर मंदिर के भीतर

बैठकर महाराज और अशोक ने जब ध्यान लगाया तो वे एक ऐसी प्रदीर्घ समाधिस्थ अवस्था में पहुँचे, जिससे जागृति के बाद दोनों ने स्वयं को और अधिक ऊर्जस्वी महसूस किया।

उनकी यात्रा के कार्यक्रम में अगला देवस्थान था, तिरुवन्नामलई में स्थित अरुणाचलेश्वर, जहाँ शिवजी अग्नितत्त्व के रूप में पूजे जाते हैं। यहाँ पर महादेव का प्रकट्य अग्नि के तत्त्व रूप में इतना उष्ण है कि गर्भगृह बिना किसी प्रकट अग्नि के भी हमेशा तपा हुआ रहता है। यह मंदिर पवित्र अरुणाचल पर्वत के निकट है, जहाँ बीसवीं शताब्दी के महान् संत रमण महर्षि ने अपना संपूर्ण वयस्क जीवन व्यतीत किया था। पीछे यह देवस्थान विश्व भर के भक्तों के लिए एक दिव्य प्रेरणास्थान बना। रमण महर्षि की समाधि भी मंदिर के निकट ही बनी। महाराज ने अशोक को बताया कि रमण महर्षि ही वह गुरु थे, जिन्हें लेकर प्रसिद्ध अंग्रेज उपन्यासकार व लेखक सोमर्सेट मॉम ने अपना उपन्यास द 'रेजर्स एज' लिखा था। उपन्यास का शीर्षक वाक्य मॉम ने कठोपनिषद् के वाक्य 'क्षुरस्य धारा' से ग्रहण किया था।

उनका अंतिम पड़ाव था चिदंबरम, जहाँ शिवजी नटराज के रूप में—ब्रह्मांडीय नृत्य करते हुए दरशाए गए हैं। अशोक शिवजी की इस मुद्रा के प्रति हमेशा से ही आकृष्ट रहा था, जो हिंदू कला द्वारा रचित संभवतः सबसे महान् कृति है। महाराज ने शिवजी के इस रूप का गहनतर महत्त्व अशोक को समझाया। शिव का नटराज रूप दिव्य तत्त्व की गतिज प्रकृति को दरशाता है। सृष्टि में सभी अवयव गतिमान हैं; चाहे अनंत आकाशगंगाओं का नृत्य हो या उप-आण्विक कणों की तेज-तर्रार थिरकन। शिवजी का दिव्य नृत्य इस ब्रह्मांडीय हलचल का सर्वोच्च प्रतीक है। उनके दाहिने हाथ में डमरू उस नाद का प्रतीक है, जिससे ब्रह्मांड की उत्पत्ति होती है और बाएँ हाथ में अग्नि है, जो ब्रह्मांड के विलय को दरशाती है, जो काल के सनातन चक्र में अवश्यंभावी है। महाराज ने यह स्पष्ट किया कि यदि शिवजी के इस रूप की केवल दो भुजाएँ होतीं तो व्यक्तिगत मोक्ष के लिए कोई स्थान न होता। नटराज स्वरूप में उनकी दो और भुजाएँ हैं; एक आशीर्वाद की मुद्रा में और दूसरा उनके चरण की ओर इंगित करते हुए अर्थात् मोक्ष का मार्ग दिखाते हुए।

महाराज द्वारा शिव के नटराज स्वरूप की विषद् व्याख्या अशोक के लिए आश्चर्यप्रद सीख का विषय रहा। महाराज ने शिवजी के नटराज स्वरूप में उनके चरणों के नीचे दबे हुए बौने दानव के बारे में भी बताया। इस बौने के ऊपर आरूढ़ हो शिवजी नृत्य करते हैं और उनकी इसी मुद्रा को नटराज कहा गया है। महाराज ने समझाया कि वह बौना हमारी सीमित चेतना का प्रतीक है। बौना दानव 'अपस्मर चेतना' है, जो अपनी दिव्य परंपरा व उत्तराधिकार को विस्मृत कर बाह्य संसार की क्षणभंगुरता में लिप्त हो चुका है। नृत्य कर रहे देवाधिदेव के चरणों के इर्द-गिर्द प्रभामंडल काल के बाह्य चक्र को दरशाता है। शिव की देह पर लिपटा हुआ भुजंग रहस्यमयी कुंडलिनी शक्ति का द्योतक है, जो मेरुदंड के आधार स्थान में स्थित है। कठिन योगाभ्यास द्वारा कुंडलिनी शक्ति को जाग्रत् कर इसे मेरुदंड से ऊर्ध्व दिशा में प्रेरित किया जा सकता है। ऊर्ध्वगामी कुंडलिनी शक्ति देह के भीतर सूक्ष्म रूप में स्थित अन्य सात चक्रों को ऊर्जस्वी करते हुए मस्तिष्क में स्थित सर्वोच्च यानी आनंद चक्र में खिलने वाले सहस्रदल कमल की भाँति परम आनंद में उद्भूत होती है।

"महाराज!" अशोक ने पूछा, "क्या मैं भी कभी इस शक्ति को अनुभव कर पाऊँगा?" उत्तर देने से पहले महाराज ने कुछ क्षणों के लिए अपनी आँखें मूँदीं, और फिर कहा, "हाँ, अशोक। यदि तुम इस पथ पर स्थिर रहो तो अपना शरीर छोड़ने से पहले इस शक्ति को स्वयं के भीतर अनुभव कर सकते हो।"

दिन, सप्ताह, महीने और वर्ष व्यतीत हुए। अशोक अपनी साधना में गहन से गहनतर होते हुए अध्यात्म में आत्मविकास के सोपान पर उत्तरोत्तर आरूढ़ होता गया। महाराज की ख्याति सुदूर प्रसारित होने लगी थी। न केवल भारत से, बल्कि विश्व भर से लोग उनके दर्शनों और सान्निध्य के लिए उत्सुक हो आश्रम आते-जाते रहते। उनके लिए वे सच्चे गुरु सदृश रहे और अनगिनत लोगों के प्रेरणास्रोत भी बने, किंतु महाराज ने अपनी परंपरा में किसी और को दीक्षित नहीं किया। उन्होंने स्पष्ट किया था कि ऐसा उनके देहत्याग के पश्चात् ही होगा।

अशोक अपनी साधना में परिपक्वता प्राप्त कर रहा था और उसके आध्यात्मिक विकास की गति भी यथेष्ट रूप से संतोषजनक थी। महाराज का दूसरा सेवक मदन तो जैसे आंतरिक प्रकाश से स्वतः आलोकित रहता। सुशांत,

कोमल और पूर्णतः समर्पित, वह महाराज की नित्य आराधना में सारे आवश्यक कृत्यों में प्रातः-संध्या सहायता करता और महाराज के प्रवासों के दौरान आश्रम का सारा दायित्व वहन करता। अपने बाहरी सौम्य रूप के अलावा मदन में एक आंतरिक आयाम का भी उद्भव हुआ था, जो दुर्लभ और अत्यंत मूल्यवान भी था। वह महाराज के प्रति पूर्णरूपेण समर्पित था। महाराज भी उसे अपने मानस या आध्यात्मिक पुत्र के रूप में देखते थे, जैसे परहंस रामकृष्ण स्वामी विवेकानंद को मानते थे। मदन अशोक का अपने बड़े भाई के रूप में आदर करता था, किंतु महाराज के साथ उसका संबंध अपने आप में अनन्य था, जिसके प्रतिरूपायन करने का प्रयास करने के बारे में अशोक ने कभी सोचा भी नहीं।

अशोक के आश्रम में प्रवेश करने के 29वें वर्ष में महाराज पहली बार अस्वस्थ हुए। आज तक अशोक ने उन्हें स्वास्थ्य की अप्रतिम अवस्था में ही देखा था। अब उनकी काया में क्षीणता स्पष्ट दृष्टिगोचर होने लगी थी। उनके उपचार के लिए निकटतम हिल स्टेशन से डॉक्टर बुलाना पड़ा। रोग-निदान से इस बात का खुलासा हुआ कि महाराज आंत्र संक्रमण से ग्रस्त थे। डॉक्टर ने महाराज के लिए प्रतिजैविक (एंटिबायोटिक) ओषधियों का कोर्स लागू किया। महाराज इन दवाइयों के सेवन के बिल्कुल अनिच्छुक थे, लेकिन कोई चारा नहीं था। प्रतिजैविक ओषधियों का रोगनिवारक प्रभाव लगभग चमत्कारी है, किंतु महाराज उनके जरा भी अभ्यस्त नहीं थे। यद्यपि उन्हें कुछ समय के लिए स्वास्थ्य लाभ हुआ, यह अब स्पष्ट हो चला था कि उनकी भव्य देहयष्टि आश्रम और देवालय में किए गए वर्षों के अथक परिश्रम और अनवरत तीर्थयात्राओं के बाद अंततः क्षरण के लक्षण प्रकट करने लगी थी।

डॉक्टर द्वारा सेवन करवाई गई प्रतिजैविक ओषधियों से महाराज कुछ सँभल तो गए थे, परंतु बहुत लंबे काल तक नहीं। अगले वर्ष वे फिर बीमार पड़े। इस बार उनका स्वास्थ्य बिगड़ने लगा। अब इस बात की और अनदेखी नहीं की जा सकती थी कि उनका भौतिक शरीर अपनी सीमाओं को ज्ञापित करने लगा था।

एक दिन अशोक ने उनसे पूछा, "महाराज, क्या आप अपने आप को और

विस्तार नहीं दे सकते?'' उत्तर में महाराज ने एक क्षीण मुसकान के साथ कहा, ''मैं तो प्राप्त विस्तार पर ही चल रहा हूँ, पुत्र।''

इस वार्त्तालाप के कुछ दिनों बाद ही उनका स्वास्थ्य शनैः-शनैः अस्त होने लगा। अशोक और मदन ने आपस में मशविरा कर उनके निकट के भक्तों को बुलाने का निश्चय किया। एक सप्ताह के भीतर महाराज के प्रमुख अनुयायी आ पहुँचे। कइयों की पत्नियाँ भी साथ आईं। महाराज अब तक शय्या पकड़ चुके थे। वे तीव्र वेदना से भी जूझ रहे थे, यद्यपि मुख पर उन्होंने इसके लक्षण कभी प्रकट नहीं होने दिए। मदन ने उपानह हटाकर उनके चरणों को अनावृत्त कर रखा था। भक्तगण एक-एक कर सजल नेत्रों और विह्वल मन:स्थिति लिए पंक्तिबद्ध रूप से महाराज के चरणों का स्पर्श कर आगे बढ़ते रहे। महाराज स्वयं शांत थे। उन्होंने प्रत्येक भक्त का अभिवादन स्वीकार कर आशीर्वाद प्रदान किया।

शिवरात्रि से एक दिन पहले अंतिम आगंतुक की विदाई हो चुकी थी। महाराज की अस्वस्थ दशा को ध्यान में रख उस वर्ष किसी सार्वजनिक कार्यक्रम का आयोजन नहीं किया गया था। अशोक और मदन उनके साथ एकांत में थे। शिवरात्रि से एक दिन पहले शाम को महाराज ने दोनों को अपने कक्ष में बुलाकर कहा, ''तुम दोनों बच्चों ने इतने वर्षों से भगवान् शिव की एकनिष्ठ आराधना की है और पूरी श्रद्धा से मेरी सेवा भी की है। मेरा अंतिम समय आ पहुँचा है और कल मैं अपनी देह का त्याग करूँगा। मदन, मेरे इच्छापत्र में मैंने तुम्हें मेरे बाद महंत नियुक्त किया है। भविष्य में आश्रम की परंपराओं को विद्यमान रखने का दायित्व तुम पर होगा।''

आँसुओं से दो-चार होते हुए मदन ने कहा, ''लेकिन महाराज, अशोकदा मुझसे बड़े हैं।''

''जानता हूँ, मदन, लेकिन अशोक की नियति कहीं और है।'' फिर अशोक की ओर मुड़कर वे बोले, ''अशोक, तुम्हें अपनी तीर्थयात्रा पूरी करनी है। कश्मीर वापस जाओ और यथाशीघ्र शिवगिरि स्थित शिवजी के मंदिर में पहुँचो। तुम्हें शीघ्रता करनी होगी, क्योंकि तुम्हारी नियति वहीं तुम्हारी प्रतीक्षा कर रही है।''

महाराज के दोनों ही शिष्य शोक से अभिभूत हो चुके थे। दोनों ने दक्षिण और वाम पक्षों से अपने शय्याशयी गुरु का आलिंगन किया। महाराज ने कहा, ''ईश्वर तुम दोनों पर अपनी अनुकंपा बनाए रखें। ओम् नमः शिवाय!''

यह उनके मुख से निःसृत अंतिम शब्द थे। अगला दिन शिवरात्रि का था। महाराज ने अपने नित्यकर्म किसी तरह पूर्ण किए और अशोक और मदन उन्हें उठाकर मंदिर के भीतर ले गए। महाराज पद्मासन में बैठ गए और अपना समस्त ध्यान अपनी मस्तक में भृकुटियों के मध्य में टिका स्थिर हो गए। उनकी देह बिल्कुल शांत और गतिविधिरहित थी। पूरे एक घंटे के पश्चात् ही अशोक और मदन को ज्ञात हो पाया कि महाराज अपने पार्थिव शरीर को छोड़ प्रस्थान कर चुके थे।

अगले दिन अशोक ने अपनी अत्यल्प सामग्री एक गेरुए थैली में संचित कर मदन से भावपूर्ण और दीर्घ विदाई ली। वह तुरंत श्रीनगर के लिए चल पड़ा। वहाँ पहुँचने के लिए उसे अनेक ठिकानों पर बस बदलनी पड़ी। रास्ते में यातायात की रुकावटें और चक्का जाम भी कम नहीं थे। श्रीनगर वह तीसरी रात ही पहुँच पाया; मार्ग में ढंग का खाना-पीना भी न के बराबर था। इस यात्रा ने उसके शरीर को भी बुरी तरह थका दिया था। श्रीनगर बस अड्डे पर पहुँचने पर उसके पास एक टैक्सी के किराए भर का पैसा बचा था। अशोक ने टैक्सी चालक से सीधे शिवगिरि ले चलने को कहा।

''रात बहुत हो चुकी है, स्वामीजी।'' ड्राइवर ने कहा। ''आज रात आराम कर कल क्यों नहीं निकलते?'' लेकिन महाराज का अंतिम संदेश अशोक के कानों में गूँज रहा था। ''नहीं!'' उसने दृढता से कहा, ''मुझे इसी समय जाना होगा।''

शिवगिरि की तलहटी तक पहुँचने तक घोर अँधेरा हो चुका था। अशोक टैक्सी से उतर रहा था तो ड्राइवर ने फिर पूछ लिया, ''आप ठीक होंगे न? कल सुबह आकर आपको ले जाऊँ?'' ''जी नहीं, धन्यवाद। शिवजी की कृपा से मैं कुशल रहूँगा।'' वाहन चालक असमंजस में कुछ देर अशोक को देखता रहा, फिर चल दिया।

अशोक को स्मरण था, मंदिर तक पहुँचने के लिए उसे दो सौ से अधिक

पत्थर की सीढ़ियाँ चढ़नी होंगी। अंतिम डोगरा शासक ने कुछ दशक पहले इन सीढ़ियों का निर्माण करवाया था। अब तक अशोक का शरीर भी जवाब देने लगा था। किसी समय की युवावस्था का उसका स्वास्थ्य अब इतिहास बन गया, उसका उसे इतने वर्षों में भान ही नहीं रहा था। एक-एक सीढ़ी चढ़ने में उसे कई मन बोझ उठाने के समान परिश्रम करना पड़ रहा था। अंतहीन लगने वाली चढ़ाई के बाद वह मंदिर के द्वार पर पहुँचा। हालाँकि इस समय वहाँ कोई नहीं था, अशोक देख पा रहा था कि गर्भगृह का द्वार खुला हुआ था। उसने अंदर प्रवेश करने का निश्चय किया।

एक सहस्र वर्षों से भी अधिक प्राचीन इस शिवालय के गर्भगृह तक जानेवाली अंतिम बीस सीढ़ियाँ अशोक की कल्पना से कहीं अधिक ऊँची थी। महाराज ने तथापि उसे स्पष्ट निर्देश दिया था कि उसे शीघ्रातिशीघ्र मंदिर में पहुँचना है। अत: उसने वज्र निश्चय के साथ अपनी चढ़ाई जारी रखी। उसके सारे अंग-प्रत्यंग टूटे जा रहे थे और क्लांति ने उसे पूरी तरह जकड़ रखा था, लेकिन अशोक तनिक भी रुकने के लिए तैयार नहीं था। अब वह एक-एक सीढ़ी चढ़ने के लिए घुटने के बल हाथों और पाँवों पर रेंगते हुए ऊपर को बढ़ रहा था। अंतत: वह आखिरी कोट पर पहुँचा, जहाँ से आगे केवल पाँच सीढ़ियाँ बाकी थीं। उसकी शारीरिक शक्ति अब पूरी तरह रिक्त होने को थी, लेकिन अशोक ने उसके अवशिष्ट अंश का किसी तरह आह्वान कर गर्भगृह के भीतर पहुँच उस विशाल शिवलिंग को अपने सम्मुख पाया। लिंग मिट्टी के दीये के मंद प्रकाश में उद्‍भासित था। अशोक भूमि पर गिर पड़ा, लेकिन पूर्णत: संज्ञाशून्य होने से पहले उसने उस महालिंग का आलिंगन कर लिया।

अशोक की चेतना तब लौटी जब अपने चेहरे पर पानी की बूँदें छिड़के जाने का उसे एहसास हुआ। उसके कानों में एक धीर-गंभीर वाणी भी सुनाई पड़ी, "उठिए बाबा, उठिए।" आँखें खुलने पर अशोक ने अपने सम्मुख एक तेजस्वी युवक को पाया, जो उसके मुख पर पानी छिड़क रहा था। युवक ने एक ताम्रपात्र में उसे जल पकड़ाते हुए आग्रह किया, "लीजिए, थोड़ा पानी पीजिए।" अशोक ने कृतज्ञता से उसके हाथों जल ग्रहण कर अपने कंठ को तर कर अपने

त्राता को पहली बार देखा। वैसा सुंदर, तेजस्वी और चित्ताकर्षक पुरुष अशोक ने अपने जीवन में कभी नहीं देखा था। अत्यंत दीर्घकाय, मस्तक पर गुँथी हुई जटाओं का केश कंधों तक प्रसारित, विशाल तेजपुंज सदृश नेत्र, जिनसे करुणा टपक रही थी। युवक के माथे पर त्रिपुंड शोभायमान था। वह कटि तक अनावृत्त था और उसके शरीर का अधोभाग पशुचर्म से वेष्टित था।

अशोक अनेक निमिषों तक उस महातेज को अपलक देखता रहा, फिर लड़खड़ाते हुए उठने का प्रयास करने लगा। उस युवक ने उसकी भुजा थामकर उसे उठाया, फिर उसे सहारा देकर सीढ़ियों के नीचे उतारने लगा। उस रहस्यमयी पुरुष के कंधों के बल अशोक धीरे-धीरे नीचे उतर उस कुटिया में पहुँचा, जहाँ तीस वर्ष पूर्व महाराज से उसकी प्रथम भेंट हुई थी।

सारा अनुभव अशोक के लिए स्वप्नवत् था। उसे अपनी कृतज्ञता व्यक्त करने के लिए शब्द नहीं मिल रहे थे। "धन्यवाद, बेटा।" उसके मुँह से आखिरकार निकला। "कौन हो तुम?"

"मैं यहीं रहता हूँ।" उस विशाल डीलडौल वाले युवा पुरुष ने कहा।

"क्या नाम है तुम्हारा, बेटा?"

"मेरा नाम शंकर है।" उसने कहा। "आप अब विश्राम कीजिए। मैं आपसे प्रातः मिलूँगा।"

नींद ने अशोक को अपने आगोश में ले लिया। उस रात्रि की उसकी निद्रा प्रगाढ़ थी। स्वप्न में अशोक ने महाराज को ऊँचे पहाड़ों के बीच एक गुफा के बाहर बैठे हुए देखा। गुफा से बाहर एक आकृति बाहर निकली, जो दिखने में बिल्कुल उस युवक जैसी थी, जिसे कुछ देर पहले अशोक ने गर्भगृह में देखा था। महाराज ने उस युवक को साष्टांग नमस्कार किया।

भोर हुई। ब्रह्ममुहूर्त की समापन वेला में मंदिर का महंत अपने शिष्य के साथ प्रातःकाल की उपासना कर्मों के लिए पहुँचा। महंत मंदिर की सीढ़ियाँ चढ़ने लगा। उसके शिष्य ने कुटिया का द्वार खोलना शुरू किया।

अचानक शिष्य ने महंत को आवाज लगाई, "महंतजी, महंतजी; कुटिया में कोई सोया पड़ा है।" महंत मुड़कर कुटिया की तरफ चले आए। "यह कैसे

हो सकता है?'' उन्होंने आश्चर्य से पूछा। ''दरवाजा बंद नहीं था क्या?''

''मैंने अभी दरवाजा खोला, महंतजी।''

महंत और शिष्य ने भीतर प्रवेश किया तो एक भगवा वस्त्रधारी स्वामी को बिस्तर पर सोते हुए देखा। कुछ देर दोनों चुपचाप देखते रहे। फिर महंत ने धीरे से अशोक के कंधे पर स्पर्श कर पुकारा, ''स्वामीजी, उठिए।''

कुछ क्षणों बाद अशोक उठकर आँखें मलते हुए बिस्तर पर पालथी मारकर बैठ गया। ''मैं कहाँ हूँ?'' उसने जगानेवाले व्यक्ति से पूछा।

''आप शिव मंदिर के आश्रम की कुटिया में हैं। लेकिन आप हैं कौन और यहाँ कैसे पहुँचे?''

''मेरा नाम अशोकानंद है और मैं यहाँ अपने स्वामी की आज्ञा से आया हूँ। कल रात मंदिर तक चढ़कर पहुँचने के बाद मैं शिवलिंग के सामने बेहोश होकर गिर पड़ा। आपके युवा पुजारी ने मेरे प्राणों की रक्षा की और मुझे सहारा देकर इस कुटिया में पहुँचाया, जहाँ मुझे कल रात विश्राम करने को मिला। कहाँ है वह पुजारी? वैसा सुंदर युवक तो मैंने आज तक नहीं देखा है,'' अशोक ने उत्तर दिया, लेकिन कुतूहल से अब उसकी आँखें चारों ओर विचर रही थीं।

महंत के आश्चर्य का ठिकाना न रहा। ''आप किसकी बात कर रहे हैं, स्वामीजी? हमारे यहाँ ऐसा कोई पुजारी नहीं है।''

''अरे, मैंने उससे उसका नाम भी पूछा।'' अशोक ने कहा। कल रात मिले उस तेजस्वी युवक की बातें फिर से याद करने का प्रयास करते हुए वह कुछ देर बाद बोला, ''हाँ, याद आया। उसने अपना नाम शंकर बताया और कहा कि आज सुबह वह मुझसे मिलने आएगा।''

महंत और शिष्य अवाक् रह गए। इतने में अकस्मात् अशोक चौंक पड़ा। उसकी दृष्टि सामने की दीवार पर टँगे कैलेंडर पर पड़ी। उसपर अंकित चित्र की ओर वह काँपती उँगली से इंगित करता हुआ वह चिल्ला उठा, ''यही है, यही है वह, जो कल मुझे मिला था।''

इतने में मंदिर की घंटी का नाद गूँजने लगा। गर्भगृह में अभी तक कोई नहीं पहुँचा था। घंटी अपने आप बजने लगी थी। अशोक की देह अचानक

सीधी मुद्रा में पहुँचकर दृढ–कठोर हो गई। उसके मेरुदंड के आधार स्थान से एक अत्यंत उग्र और तपती हुई शक्ति तीव्र हलचल के साथ ऊर्ध्वगामी होने लगी। उस शक्ति के उत्तरोत्तर ऊपर उठने के साथ–साथ अशोक की चेतना भी रूपांतरित होकर दिव्यमय होने लगी। अंतत: उसके मस्तिष्क में पहुँच वह ऊर्ध्वचैतन्यगामी शक्ति का विस्फोट सहस्र सूर्यों के तेज सदृश हुआ।

शिवगिरि का वह महंत और उसका शिष्य तब तक भूमि पर अशोक के सम्मुख प्रणिपात कर चुके थे। शिवालय के गर्भगृह की घंटी का बजना जब थमा, तब दोनों ने अपना सिर ऊपर उठाकर देखा। स्वामी अशोकानंद की पार्थिव देह अभी भी पद्मासन मुद्रा में बद्ध किसी प्रतिमा की भाँति अचल थी।

परंतु अशोक स्वयं प्रस्थान कर चुका था। अंतत: उसने अपनी वास्तविक नियति का साक्षात्कार कर लिया था।

❑❑❑